田埂上的梦

皇甫卫明 著

国际文化出版公司

·北京·

图书在版编目（CIP）数据

田埂上的梦 / 皇甫卫明著. — 北京：国际文化出版公司，2020.7
ISBN 978-7-5125-1209-2

Ⅰ.①田… Ⅱ.①皇… Ⅲ.①长篇小说－中国－当代 Ⅳ.①I247.5

中国版本图书馆 CIP 数据核字（2020）第 085409 号

田埂上的梦

作　　者	皇甫卫明
责任编辑	宋亚眶
封面插图	赵　鑫
设计制作	鸿儒文轩
出版发行	国际文化出版公司
经　　销	全国新华书店
印　　刷	三河市华东印刷有限公司
开　　本	880 毫米 ×1230 毫米　32 开
	5.5 印张　　　　　　100 千字
版　　次	2020 年 7 月第 1 版
	2020 年 7 月第 1 次印刷
书　　号	ISBN 978-7-5125-1209-2
定　　价	32.00 元

国际文化出版公司
北京朝阳区东土城路乙 9 号　　邮编：100013
总编室：(010) 64271551　　传真：(010) 64271578
销售热线：(010) 64271187
传真：(010) 64271187-800
E-mail: icpc@95777.sina.net

目 录

第一章　河坡上的茅针 / 001

第二章　小学堂 / 008

第三章　曾老师 / 017

第四章　秆稞巷与菜花地 / 028

第五章　蜜蜂与蜂蜜 / 034

第六章　望虞河畔的坯场 / 047

第七章　夏　熟 / 055

第八章　麻　鸭 / 065

第九章　美食的诱惑 / 075

第十章　难熬暑假 / 084

第十一章　男孩的弹弓 / 093

第十二章　路边有棵地丁草 / 101

第十三章　十万个为什么 / 109

第十四章　狗头金 / 117

第十五章　一双尼龙袜 / 125

第十六章　脚　炉 / 134

第十七章　惊天大案 / 140

第十八章　生活没有虚构 / 151

后　记 / 159

第一章 河坡上的茅针

那是一九七四年初夏的一个星期日。阳光灿烂，空气有些湿热。强强肩背半篓青草，手提镰刀，沿着窄小的田埂穿行于麦田。暖风抚慰，雨露滋润，麦苗追着节令返青，拔节，孕穗，抽出麦芒。不远处，油菜花开得正旺，如绿色大毡子中镶嵌的金黄色块。在画家和诗人的眼里，这是美景，而在农民后代强强眼里，不过田野寻常景色，随季节轮回而轮回。父母日复一日的农活也随之轮回。

强强今天穿了双旧胶鞋，这里叫雨鞋，也叫套鞋。那是一双短筒胶鞋，鞋口刚过脚踝，却有个形象的名字

田埂上的梦
TIAN GENG SHANG DE MENG

"元宝套鞋"。鞋底的波形纹基本磨平了,鞋面鞋帮打了酱红色的补丁,甭说这是父亲的杰作。父亲有全套的补鞋工具,用起毛锉锉几下,粘点胶水,剪下一块劳动车废内胎,用剪子捣圆,同样锉几下,擦点胶水,粘在破损处。这双鞋以前一直是母亲穿的,母亲买了新胶鞋后,把它传给了强强。乡间孩子很少拥有一双完全属于自己的雨鞋,更别奢望过膝的深筒靴和钉齿底纹的防滑靴。田间无好路,雨过天晴的泥路依然湿滑,强强舍不得糟蹋唯一的布鞋。按说,赤足当然最轻便。前几天在坯场划破了脚,划得很深,由于没有及时处理,伤口发炎化脓,如若再沾水,伤口更难愈合。母亲38码的胶鞋太大,强强在鞋肚子里填充了好多破布,走路还是不跟脚。

　　五年级的强强早就学会因祸得福这词。受伤的强强,母亲破例同意不去坯场,不过另有任务,在家烧饭。把中饭送到位于望虞河畔的坯场,另外割两篓草,喂饱猪羊。母亲当时狠狠地白了他一眼:"不中用的东西!"

　　尽管走路不便,脱离母亲监管的强强还是很轻松。这已然是今天割的第二篓草了,这个时节,草丰茂而肥嫩。即将完成任务的强强,要去河边寻找久违了一年的美食,想到茅针的滋味,强强舌下生津,不自觉加快了

第一章　河坡上的茅针

脚步。

这条唤作南上浜的小河不能算河,不通外塘,乡间习惯上谓之浜。虽说全长不过两三百米,但最宽处达五十多米,水位比外河高出许多,河水最深处在十米以上。南上浜离庄上远,属于三个生产队交界地带,偏僻得有些吓人,一般孩子不结伴是不敢前往的。强强一直留心,西河坡大片的茅草,应该孕育花苞,也就是长出茅针了。茅草耐旱又耐寒,乡野随处可见,正因为如此,成了农民最讨厌的杂草,不等它们繁茂,农田边的茅草早就被清除了。

而对于孩子来说,茅草自有可爱的一面。河坡上茅草说不上茂盛,齐刷刷的有半筷子高。强强蹲下身子耐心寻找。能长茅针的茅草很少,也就是概率极低。强强终于找到了一支,夹在两片叶子间,根部略微膨大。缓缓使劲,提起来,果然!今年大自然馈赠的第一支茅针,只有一片叶子包着花苞,略带卷曲的短叶呈绿色,裹住花苞的部分,上半部分呈暗红色,往下渐渐变成嫩绿,藏在底下的基部呈葱白色。多好的茅针,肉嫩嫩,白生生,强强摊在掌心,鼻子凑近,一股若有若无的清香沁入心脾。剥开,用舌尖舔舔,轻轻吸入嘴里,清冽而带

田埂上的梦
TIAN GENG SHANG DE MENG

着隐隐的甜味。

强强第一次把茅针给上海婆品尝的时候,上海婆还没当老师。她犹豫着接过:"啥么事(什么东西)啊?""茅针!"强强边说边作示范,剥开往嘴里送。上海婆还在犹豫:"这东西能吃?草芯还是草的嫩茎?"上海婆住在强强隔壁,自上海下放到这里,有个很拗口很难记的名字。次日,强强割草路过,上海婆把强强叫到门口,翻着一本厚厚的大书,用普通话读道:"春生芽,布地如针,俗谓之茅针,亦可嗽,甚益小儿……"茅针也写到书里了?内容似懂非懂,茅针、小儿这俩词听清了。上海婆指着书上插图,说这东西不但是美食,还有药用价值。强强听着新鲜,只是觉得插图画得不像。

上海婆还告诉强强,茅针别名谷荻。

第一支茅针太细小了,强强还没正儿八经咀嚼,顿时化了。这人间美味提神,强强一下子看到了好多茅针。一支,两支,三支……捏在手里有些碍事,把它放到草篓中,此时他已经离草篓几十步远了。

强强趴在岸头,俯身巡视,河坡中央茅针多而大,可眼够得着手够不着,情急之中,冒险下坡。坡很陡,几乎笔直。强强用镰刀挖出小坑,探脚踩实。破胶鞋打

第一章　河坡上的茅针

滑，强强脱下一只鞋，脚趾勾住泥坑。他就这样赤着一足，把身子贴在坡上，在茅草中翻找。换了一个角度，刚才瞅见的几支茅针居然都找不到了。这东西大概会隐身术，以往几个小伙伴簇拥在一起，地毯式翻找，到了夏天坡上依然白花茸茸，似乎从未遭受过孩童洗劫。

身体大半分量，靠几个脚趾支撑是很吃力的。强强喘气的当口，远远望见一个熟悉的身影向这边移动。阿良！他过来准没好事。强强平日里怕他又恨他，能避则避。阿良挽着一只空草篓，看样子刚从家里出来。强强连忙爬上坡岸，把草篓里的茅针藏到草底下。

"扁头，割草怎么不叫我？"阿良一开口便很不友好。他一直叫强强绰号，从不唤大名方志强，小强、志强、强强之类的昵称更不可能了。

"今天没去坯场啊？"阿良家坯场也在望虞河畔，也要去帮工的，这个理由最站得住脚。

"拔了多少茅针？"阿良皮笑肉不笑地问道。

"没……没多少，刚到这里。"强强从裤兜里掏出几支茅针，眼神游移，瞟了一眼草篓。

"骗谁呀？当我瞎子？"阿良一脚踢翻草篓，齐刷刷的茅针散落地上。强强试图弯腰捡起来，阿良一脚踏住

田埂上的梦
TIAN GENG SHANG DE MENG

茅针,恶狠狠盯着强强:"为什么骗我?"

"这又不是你家的地!"强强脖子一梗。

从小到大,强强一直受阿良欺压。阿良大半岁,跟强强同级,论个头差不多,论力气强强稍逊一筹,真打起来,强强不至于稀里哗啦完败。可是,阿良戾气重,动不动拿砖块土坷垃砸人,三年级的时候就把高出半头的男生砸破了头,此后名声大噪,小伙伴都有点怵他。他不只欺负强强,庄上同龄的玩伴都受过他欺负。

"这疙瘩的茅针是我最先发现的,你敢跟我抢?"阿良勃然大怒,伸手掐强强的脖子。强强手中握着镰刀,如果他下得了狠手,阿良也不是铁打的。当然,自己也得作好受伤的准备,可他不敢,他怕看见血,不管是自己流血还是别人流血,更怕惹事后遭受母亲重责。强强只有冲动,没有行动。阿良知道他的反抗仅止于嘴硬,每一次反抗均因关键时刻的怯懦而退缩。

阿良在散落的青草中翻找,抄了强强的裤兜,连一支茅针都没给强强留下。当着强强的面,阿良剥开最肥嫩的几支茅针得意地咀嚼,临走前留下狠话:"记着,这片河坡上的茅针是我的,再来偷,挨拳头!还有……你敢笑话我,小心点!"

第一章　河坡上的茅针

强强心知肚明，茅针是阿良伺机报复的借口，真正的原因是"笑话"他，谁让他读课文出洋相呢。

强盗！强强心里骂了一句。早知道会碰上这家伙，不如自己吃了，辛辛苦苦大半天，才吃了一支茅针。本想留着晚上睡觉前慢慢品尝，与妹妹英英分享，还有，让上海婆尝个鲜……错了，再叫上海婆乃大不敬，应该叫她曾老师。

第二章　小学堂

强强读书的学校很近，就在庄上。村人称学校为学堂，可能是老辈传下的说法，父母也这么叫。后来才知道，庄上先前确有一所学堂，属于龚家的私塾。强强的爷爷在龚家私塾当先生，公认写得一手好字。办得起私塾的龚家自然是大户人家。强强上学时，龚家早就破落。从现存的房子和废墟，大致能想象龚家昔时的辉煌。朝南六间主屋，其中四间拆除，两间留着当教室。东西两侧有对称的厢房，整体格局相当于北方的四合院。听老辈说，先前还有高大的围墙和院门，如今已不复存在。东厢房也变成了教室，龚家老小龟缩在西厢房。

第二章 小学堂

一九七〇年开春,强强刚八岁。强强入学时,这里最高到三年级。孩子入学晚,很多孩子尤其女孩读到三年级就扔下书包回家务农带弟妹了,只有极个别的到三里外的蒋巷学堂继续读完小学。

强强从记事起,一直到学校里玩,扒着教室窗户,看老师跟学生上课。老师就是村上的,姓余,与强强父亲差不多大。余老师的女儿叫小芹,也跟强强同岁。队里几十户人家,龚、余、戴姓各一户,方姓占绝大多数。不是本家之间排不出辈分,直呼其名显得不敬,姑且以年龄为参考,依然有些乱套。余老师当了老师后,庄上老老少少都唤他余老师。老师是职业性称呼,自然也是尊称。余老师上课很忙,一会儿站在前面讲课,一会儿跑到后面在黑板上写字。这是个三复式班,中间一排向后坐的是三年级,两边各一排朝前坐的是一年级和二年级。

强强第一次作为新生走进这个教室时,身上背了一个瘪塌塌的书包,那是大娘舅的送学礼物,一个士林布的布兜,软绵绵的,连带子也软耷耷的,里边没有夹层,放着两本练习簿,一个铅笔盒子,铅笔盒子里有两支铅笔,都是不带橡皮头的,还有一块白色橡皮。作为众多

田埂上的梦
TIAN GENG SHANG DE MENG

外甥男女中第一个上学的强强，大娘舅的送学礼物有些轻，强强父亲扳着手指算过，一共一元三角四分。多少年后，父亲依然在母亲面前提这一元三角四分，说母亲的娘家人小气。强强放学回家，书包里多了一本语文书，一本算术书，但书包依然瘪塌塌的。不过，强强学会了背书包，从头上套进带子，斜背在身上。由于书包带子过长，书包落到屁股下，看着别扭。强强把带子打了个活扣，走两步活扣松了，书包又落到屁股底下。第一天，强强便羡慕班上的男同学，羡慕他们的军绿色帆布书包，带子上皮带扣可以调节带子长短。强强对母亲说，这种士林布书包是女生用的。母亲安慰道，等你上四年级给你买帆布书包，把这个传给妹妹。

余老师教他们复式班，还是包班，囊括了语文算术唱歌图画军体课，不过副课上得很少很少。

唱歌课没有乐器伴奏，余老师先把歌词写在黑板上，用粗嘎的嗓音领唱一句，同学们跟唱一句。跟唱几遍，把一段连起来唱，余老师轻声和唱，相当于乐器伴奏，学生走调，或者忘词时，余老师猛然提高嗓音，把歪歪扭扭的调子往正途上拉。教完一段，再教第二段，一首陌生歌大概教两节课。余老师有时候教老歌，就是广播

第二章 小学堂

喇叭经常播放、家喻户晓的歌曲，比如《三大纪律八项注意》《社会主义好》。二三年级的同学嚷嚷已经会了，要求教新的。余老师不恼也不依，说一年级同学还不会唱。他教唱时，二三年级同学恶作剧似的唱得特别响亮，以此表达不屑与不满，相当于帮着教唱。余老师省事多了，一年级同学学得快，一节课全学会了。

军体课上，余老师把学生拉到仓库场，每个年级一排，主要项目是队列训练。挂着哨子的余老师换了一种模样，看上去有些威武。很多时候，这支纳鞋底线拴着的白色哨子挂在余老师脖子上，许是他课后忘了摘下来，或者懒得摘。学校没有钟，没有铃，哨子还是除了吆喝之外最常用的上课信号。

有一次下课时间，大概余老师上茅坑去了，阿良和几个调皮孩子，拿着余老师随手放在讲台上的哨子把玩。强强站在边上第一次近距离观察哨子，扁扁的嘴，连着一个大肚子，肚子上窄窄的出气孔，里面有一颗浑圆的黄豆样珠子。阿良轻轻一吹，没有预想中的哨音。强强说，使劲吹，里边珠子跳动才发出哨音。阿良憋足一口气，一使劲，瞿——哨音突然响起，比余老师吹得更响亮，围着的同学都吓了一跳，外边玩的同学疾速跑进教

田埂上的梦
TIAN GENG SHANG DE MENG

室,以为上课了。过不多久,余老师进来了,板着脸问:"谁吹了我的哨子?"同学都端坐着不出声:"谁吹的,自觉站起来!"余老师加大嗓门,目光在教室内巡游。他站的位置,能看见低年级同学的脸,三年级同学的后脑勺。他显然对没有人主动认错或站出来检举感到不快,但从众多学生偷眼看阿良的神情中看出端倪。

"方德良站起来,你知道谁吹的?"

"是……是强强叫我吹的。"

"方德良,方志强让你吹你就吹,他让你吃屎你吃不吃?"余老师把目光移到强强身上:"你也站起来!"

阿良和强强被罚站一节课。余老师解释两人的罪状,阿良属于受蒙蔽,强强属于教唆,而且教唆比受蒙蔽更厉害。强强不懂这两个词,只是隐约觉得余老师偏袒阿良。阿良本就把哨子含在嘴里,只是不敢使劲吹,即使强强不说,他终于会吹响的。

点名,是余老师每天上课的第一件事。余老师翻开点名册,依次叫学生名字,学生回答"到",他在点名册上画一竖,缺席的画一个圈。强强看不见画的符号,只是从余老师行笔的细微轨迹看出来。强强的这个本事是天生的,若干年以后,同学蒙着他双眼用手指在他手心

第二章 小学堂

写字,隔着衣服在他背上写字,他都能准确无误猜到什么字,好像手和背部长着眼睛。强强盯着余老师的手,猜想这一竖划短了,那一竖有点往右斜。他过于专注,以致于没听到余老师点他名。满教室同学冲着他笑。"方志强!"余老师又叫了一次。他本能地答道:"哎——"同学又是一阵喧笑。

点完名,开始统计好人好事。好人好事记载本,是一本单线练习簿,左上角穿根线,挂在后墙钉子上。姓名排序与点名册一致。余老师点到名,学生站起来,汇报一天中做的好事。好人好事大致分三类:拾金不昧,即捡到钱捡到铅笔橡皮交给老师或还给失主;助人为乐,大致帮村上老人打水扫地;热爱集体,就是驱赶到集体粮田偷吃的鸡鸭鹅猪羊……余老师边听边作记录。强强发现,学长们说的基本上是第三类,什么赶鸡五次,赶鸭十次,最多的一天赶了一百次。一天能做这么多好事?连强强都觉得不可思议,余老师从不提出质疑,也不怎么表扬,还煞有其事认真记录,最多把学生的话重复一遍:"哦,余小慧,赶鸡五十次。""方永良,赶鸡一百次。"

余老师叫到强强名字时,强强还在板着手指数数。"叫我?"强强指着自己鼻子,"到!""不是点名,是报

田埂上的梦
TIAN GENG SHANG DE MENG

告好人好事。"边上同学捅了他一下。"没……没做。"强强红着脸说。"啊,实事求是,没做就没做,以后要向高年级同学看齐。"余老师没有为难强强,接着问下一个。

农户家养鸡是有严格限制的,差不多每人一只,平日里圈养在小树林,用草帘子或玉米秆栅栏围着,那些东西太不结实,鸡们总是偷偷钻出去,啄食菜叶、地里的麦苗。只要不是在自家菜地,农家总是睁只眼闭只眼,任由它们糟蹋庄稼,甚至偷偷拉开帘子,鼓励它们出去偷食。母亲嘲笑自家的鸡笨,给它们那么大的窟窿都不钻出去,宁可饿着肚子蹲坐一隅闭目养神。强强扔下书包,习惯性地折到树林边,数数少了一只鸡。屋前屋后兜一圈,发现它在屋后低田中央,返青的麦苗掩藏了它大半截身子,强强还是一眼就认出自家的芦花鸡。强强学着母亲唤鸡:"咕……咯咯咯,咕……咯咯咯咯……"强强认得鸡,鸡不认得他,从禾苗丛中抬起头,警惕地四下张望,偶尔低头啄一口。强强下到小田埂上,挥手赶鸡,鸡不怎么听话,在田间乱窜。母亲下工回家,远远唤强强:"自家的鸡,不要赶。"强强回应:"这是集体的庄稼。"母亲嘀咕,鸡笨,你比鸡还笨。

强强跟着鸡跑得气喘吁吁,不过很高兴,终于能理

第二章 小学堂

直气壮在班上汇报好人好事了。可不知怎么回事，次日余老师点完名，忘了统计好人好事。

强强读完三年级，学校开设了四年级班，尔后又增设了五年级。这么下来，原来的两间教室不够用了，重新组班，把一二年级搬到上场的仓库，三四年级在厢房，五年级在主屋。

一所学校，没有校门，没有校牌，没有铃声，没有办公室……操场就是队里的仓库场。

曾老师就是在强强升入五年级时进来代课的。

五年级教室是龚家残存的正屋，即主屋，两间打通，中间留着立柱。强强上课经常开小差，望着屋顶出神。一般农家造不起这种穿斗式房子，桁条粗大，椽子宽阔，内墙上有巨大的立柱，巧妙穿插的穿枋把柱子串起来，形成屋架，即使内墙统统拆了，房子也不会倒塌。

下课时，强强和同学蹲在地上研究礅盘，青石质地，因长得似鼓，俗名石鼓墩。强强家里有一个石鼓墩，同学家都有一两个，平时扔在角落，搓草绳前，把稻草垫在石鼓墩上用木槌捶软。龚家的石鼓墩比较特别，有一半埋在台基下，周围还有花纹。他们用白纸把花纹拓下来玩，看不清是什么花，类似于母亲做的花边。

015

田埂上的梦
TIAN GENG SHANG DE MENG

龚家屋子的窗户也很特别,分内外窗。外窗是密封木板,关上后整个屋子没有一丝光亮。内窗是蛎壳窗,花格里镶嵌着白色半透明的薄片。几年下来,薄片差不多被孩子们弄坏了。连大人都不认识那是什么,有人说是蚌壳,有人说是大鱼的鳞片。不管怎么说,它们都象征着龚家曾经的富有。

教室只有开在山墙上的侧门,五年级孩子每天踩着废墟进出。废墟的基石,地上的方砖都被撬走,另铺了一路接步石,供孩子们雨天出入。

龚家屋前屋后,各有一条弄堂通往水埠。屋后水埠陡而窄,据说以前仅供洗刷马桶,洗刷尿布。屋前,即南边的水埠石阶宽阔而平缓,临水的石板宽大平整。水埠一侧是高大的驳岸,一侧是活水涧,南上浜水源源不断下来,为水埠补充活水。这个水埠为龚家独有,沿河坡走不到这里。

天热的时候,水埠是强强和同学下课时的好去处,台阶上坐满孩子。岸头,高大的榉树遮阳,凉意带着河水的清香从水面飘起来,与暑气蒸腾的地面相差半个季节。

第三章　曾老师

曾老师就是上海婆。

强强队里有两家插队户,一家住在河东,另一家住河西。住河东仓库边的姓谷,一家四口人,来自常熟城里。住河西的,一家就一个女人。谷姓那家对队里安排时有不满,一个女人住两间瓦房,而他们一家四口才住三间瓦房。队长说:"队里五六口人住三间老房的多了,都是省吃俭用自家造的,你没出一分钱住新房子,应该知足。"老谷推推老花镜,阴阳怪气说:"我是插队户,上海婆是下放户。"

强强队里有插队户,很长一段时间内,足以成为方

田埂上的梦
TIAN GENG SHANG DE MENG

家塘孩子炫耀的理由。除了本庄，同学来自周边四个生产队，队名挺有意思，桑家桥、胡巷、丁家坝、朱家角，这几个队统统没有插队户，至于插队与下放的区别，强强不懂，大人也搞不懂。孩子们引以为荣，大人们却以此为累赘。

谷家老小四人，老夫妻在五十到六十岁之间。队里五六十岁的男女，哪个不是天天出工，虽说不是主劳力，自食其力绰绰有余。而这对老夫妻借口身体不好，不会干农活，从没出过一天工。队里分粮食、菜油、红薯、甘蔗、香瓜，老谷，有时两口子总是第一个等在仓库场，贼溜溜盯着东西，盯着磅秤，嘴里盘算着。谷家有五儿一女，女儿与小儿子随老夫妻落户这里。一家人，就靠一个女儿出工，挣一点工分。这个白白胖胖的城里姑娘，尽管跟队里老妇干零活轻活，依然三天打鱼两天晒网，总是在农忙最需要劳力的时候，莫名其妙旷工。

上海婆刚来的时候，乡人看她瘦小的身板，还戴着近视眼镜，摇头叹息，怎么又来一个吃闲饭的，那小身板能干农活吗，估计还不如谷家姑娘。唉，谁让我们是"样板队"呢，谁让老队长积极呢。

事实上，方家塘人小看上海婆了。上海婆刚把家安

第三章　曾老师

顿好，就跟着妇女们下地了。开始时，队长让已经升任大队书记的老队长老婆带着她干些轻活。夫荣妻贵，书记娘子受人尊敬，有些号召力。

上海婆第一次接触农活，是给麦苗施返青肥。农技员反复关照技术要领，每亩五斤，少了肥力不够，多了烧坏麦苗。撒化肥要均匀，否则，撒得多的地方疯长，没撒到的地方稀稀拉拉，像瘌痢头阿三的脑袋，很难看。

劳动工具自带。书记娘子知道上海婆没有篮子，多带了一只。整袋硝酸铵因受潮而结块，农技员使劲用榔头砸。上海婆在边上好奇地看，犹豫着说："不能用铁榔头砸，当心爆炸。"农技员白了她一眼："化肥会爆炸？又不是炸药。"上海婆说："硝铵是制作炸药的原料，剧烈撞击或高温都可能引发爆炸。"农技员在队里算得上文化人，听这戴眼镜的上海女人说得一板一眼，将信将疑，不过还是换了木槌，用力轻缓了许多。

上海婆初来乍到，什么都新鲜。队里两百多块地，每一块面积多少，农技员如在嘴边。而且一片田有总名称，细致到每一块都有一个名字。书记娘子带她去的地最远，叫桥头坵，与朱家角接壤。

天飘着细雨，是追肥的绝佳天气。肥水随着甘霖缓

田埂上的梦
TIAN GENG SHANG DE MENG

缓渗入地下,被根部吸收,源源不断输送到茎叶,麦苗就得劲了。书记娘子示范几把,并无多大技术含量的农活,上海婆很快学会了。她穿着胶鞋,沿着垄沟行进,胶鞋沾满泥泞,每一步异常艰难。"唉……"书记娘子叹口气:"这不是读书人干的活。"妇女们都打着赤脚,行走轻便,哪怕再冷的天,谁下地舍得穿胶鞋呢,挣的工分不够买胶鞋。上海婆一咬牙,脱了胶鞋。泥泞湿滑,砂子硌着脚底,她走路的姿势有些滑稽,几次栽倒。"脚趾用力,勾住地面。"书记娘子出脚示范,说:"等脚底长出厚厚的老茧,就会赤脚走路了。"

  上海婆好学,也肯吃苦,一年下来,除了挑担不行,割稻割麦、垡田、插秧等等基本的农活都学会了,速度慢些,至少在老年组不拖后腿。作为一个从小生活在大城市,从未接触过农活的小个子女人,已经是奇迹了。

  上海婆对谁都笑眯眯的,用一口上海话与人招呼:"吃饭了伐(吗)?""汰菜去伐?"常熟跟上海相距不远,交流基本无障碍,"伐"是上海话最标志性的语气词。有时,村人反过来跟她打招呼:"吃饭了伐?"她笑着用生硬的本地口音回答:"吃哉。"吃,常熟话读入声;哉,近似第三声。上海婆把尾音拉得长,听着别扭。她

第三章　曾老师

还会主动用本地话与人招呼："嗯吃饭哉？"乡间日常礼貌用语总共没几句，她很快说得像模像样了。与人交谈，她依然改不了上海话。好在她平时不怎么开口，基本不与人交流。乡人对她的了解少之又少，她的家庭，她以前的工作与生活，甚至她的真实年龄，基本上一片空白。

在十几岁的强强看来，三十多岁的父母已经年龄很大，五十多岁的大队书记就是老头了。这个上海婆的年龄实在说不准，强强估计她四十岁左右。她的脸部、脖子、手足，所有裸露的部分都白白净净，白得能看到皮肤下的青筋。

上海婆怪异之处多多，比如她从不戴草帽。草帽是一个农民的标配。男式草帽是用丝草编织的，式样与美国西部大片中牛仔帽差不多，新时线条挺括，有阳刚之气。女式草帽完全不一样，是用白净的麦秸，经软化、编织、缝制而成，周身帽檐宽大，能遮住整个脸部，正面印着蓝字"抓革命，促生产"，中间的逗号用一颗红五星替代，帽顶侧面有两对带空的拷钮，从中穿着红色或绿色的塑料带子，挺漂亮。上海婆买过一顶，扣在头上，一阵风过来就把草帽吹落了，可能她的头比较小，戴上，吹落，戴上，又吹落。她不得不收紧带子，下巴被带子

021

田埂上的梦
TIAN GENG SHANG DE MENG

勒出血痕,勒得喘不过气来。此后,她索性不戴草帽了。毒日头晒得上海婆脸色通红,脱皮,过一阵阴几天,她又恢复白白净净。这个上海女人,与黝黑粗糙的村妇就是不一样。

小芹在寒假里就告诉强强,上海婆要到学校当老师,说是她父亲透露的。队里小伙伴都传播这个消息,强强父母也知道,村里人都知道。

上海婆与强强家比邻而居,只隔着一米宽的弄堂。强强没事往上海婆家跑,把耳朵抵在门口听,趴在窗台往屋内张望,什么都没听到,什么都没看到。她总是关着门,在家与不在家一个样。她家所有的窗户紧闭着,即使大伏天从不开窗。厨房有两扇窗,底下是磨砂玻璃,透明玻璃都贴了白纸。房间窗户挂着窗帘,强强透过窗帘缝隙,只能看见小半张床,床上叠得方正的被子的两个角。强强想求证,上海婆当老师的消息是否确实,来教哪个年级……强强说不清,只是无端地觉得,上海婆这样的人才像个老师。他不喜欢余老师,余老师经常赤着脚,腿脚沾满泥巴进教室上课。他更不喜欢胡老师,胡老师是胡巷的,强强上四年级才进来。胡老师动不动就给学生吃"毛栗子",最厉害的一招"掐头皮",把干过

第三章　曾老师

农活的有力的大手按在你头上，大拇指从下往上逆着发根往上猛推，疼得你眼冒金星跺脚流泪。

强强忽略了一项重大事实，上海婆的门上挂着一把锁。强强母亲猜想，上海婆回上海了。

那老谷一家怎么不回城里去呢？强强有一次路过仓库场，发现老谷家多了好几个人，从长相及年龄看，应该是老谷的几个儿子，还有一个胖女人带着一个小女孩，估计是儿媳与孙女。老谷家廊檐下，煤炉火正旺，那是商品煤炉，比农村里用铁皮桶或缸甏自制的煤炉轻便多了，烧的是蜂窝煤。煤炉上坐一口砂锅，咕嘟咕嘟飘着肉香，估计锅里炖着蹄髈。这会儿，上海婆也在上海的家里炖蹄髈吗？她也用这样精致的煤炉和蜂窝煤吗？城里人福气真好。老谷的小儿子五官，一个比强强高出半头的男孩，头发花白像个小老头，平时从不与队里小伙伴玩。小老头朝强强撇撇嘴："看什么？乡下人，走开！"强强手里攥着瓦片，如果小老头再骂更难听的话，他将毫不犹豫把瓦片飞过去迅即逃跑。老谷从里边出来，掀开锅盖拿筷子戳，随后用抹布垫在锅耳下，把一锅肉连同香气端进屋内。

开学前，上海婆终于来了。千真万确到学校里当老

田埂上的梦
TIAN GENG SHANG DE MENG

师,而且,恰好教五年级。

强强听父母闲谈,五年级书很深,余老师与胡老师都不敢教,大队里才想起上海婆。当时还有一个人选,老谷女儿,但队长坚决不同意,说她不扎根农村,干活吊儿郎当。任凭老谷一次次磨叽在书记家,谷家姑娘终于没端上省力饭碗。

父母叮嘱强强:"以后叫她曾老师,再不能叫上海婆。"

曾老师第一次走进教室,把"曾瑾萱"三个字写在黑板上,同学不知道这是她姓名,把姓氏读成"曾经"的"céng"。曾老师用大半节课解释这个名字。曾,是个多音字,作姓氏时读"zēng"。可惜五年级的学生,连多音字是什么都不知道。这也难怪,从一年级到现在,老师授课一口土话,学生回答问题都是土话。瑾,王字旁,大致推断与玉有关,它表示美玉或美德。萱,萱草,俗名金针菜,引申为母亲或母亲的住处……

强强素来以为,名字是天生的,人名与容貌、年龄对应。想不到,人名中还有这么多学问。曾老师说,有的人家取名随意,有的人家取名讲究,不管怎么说,它首先是个符号,跟随你一辈子,其次,在一定程度上寄

第三章　曾老师

托了父母长辈的期望。

强强希望曾老师继续解析,他方志强这个名字,属于随意还是讲究,寄托着什么期望。跟她差不多同龄的村妇,都是什么妹什么宝,有的干脆以排行取名。曾老师的名字很别致,是读书人家才拥有的名字。乡人却说,"曾瑾萱?拗口饶舌的,怎么弄这么个怪气的名儿,记都记不住。"

现在好了,不必担心记不住,队里都叫她曾老师。乡间对老师的尊重不亚于大队干部,没有人再叫她上海婆,这个多多少少带着排外性质的称谓,几天之间从口边抹去。

曾老师上的第一篇课文是《日出韶山满天红》,一首现代七言诗,其中第一段是:

> 日出韶山满天红,
> 中国诞生毛泽东,
> 领导人民闹翻身,
> 迎来神州一片红。

曾老师首先范读一遍,用的是普通话。同学们惊呆

田埂上的梦
TIAN GENG SHANG DE MENG

了,课文还能这么读,读得这么好听。从一年级开始,他们从来没有听过哪位老师用普通话读课文,他们也都跟着用土话朗读。

接着,曾老师领读。学生跟读第一句就出洋相,居然不会读。轮到曾老师惊讶了:"诗歌是很适合诵读的,以前不读课文吗?"阿良说:"不是这样读的。""是哪样读?"阿良说:"用这里的话读,不是……嗯……洋话。"

"这是普通话,是北京话,中央人民广播电台说的话,怎么变成洋话了呢?"曾老师补充道:"以后你们走出家门,跟全国各地的人打交道,不会说普通话,等于哑巴。"

道理归道理,连单词都不会读,整句整段咋整。曾老师说:"普通话慢慢学,先用你们的话读,可是阿拉也不会,谁会?"

余小芹举手。她是余老师大女儿,以前一直帮父亲领读课文。她父亲不在时,代替父亲管理班级。

余小芹读得很流利。

曾老师表示为难,同样不会用常熟方言领读。"阿拉用上海话念,是噶样式(这样)的……"她果真用上海话读了一遍,也好听,同学都偷偷跟学。强强觉得,曾老

第三章　曾老师

师读得好,不在于用什么话,归根结底音色好。

曾老师与学生达成协议,两种语言同时进行,可谓另类的"双语教学"。余小芹用本地话领读,同学跟读,曾老师也跟着学生一起读。这个时候的她显得笨嘴笨舌,总是慢一个字,生硬的口音惹得学生哈哈大笑。不过,她学得快,几遍下来基本跟得上,尽管依然有些生硬。

曾老师把每句话分解成三个词,反复领读,反复纠正。半节课下来,学生也能用普通话朗读了。

曾老师说:"只会齐读不算,就像南郭先生混在队伍中吹竽,那叫滥竽充数。谁敢单独读,请举手。"

小芹第一个举手。强强犹豫着举起手。"还有谁?不要怕。"曾老师鼓励着。又有几位举手,包括阿良。

曾老师指名让阿良读。

"日出满山满天红……"同学中一阵哄笑。

"韶山。"曾老师提醒。

"日出满山韶山红……"哄笑声更大了。

曾老师示意阿良坐下,叫强强读。阿良脸憋得通红,落座前,恶狠狠盯了强强一眼。

曾老师说:"知识脱节,明天开始补学汉语拼音。"

第四章　秆稞巷与菜花地

那天被阿良抢走辛辛苦苦拔的一把茅针后，强强好多天不曾涉足南上浜，并非慑于阿良的警告，草哪里都茂，犯不着舍近求远跑到那里。再说，河坡上拔茅针，确实有些危险。

强强家位于村庄西北。西边也是河浜，依地理位置叫西上浜，很浅，水面不过五亩。往北是高低错落的农田，自然地貌复杂，大片的高土不适合灌溉，到处是荒地坟地，干旱贫瘠的小土包只配长秆稞。这荒野之地也是割草、拔茅针的好地方。

秆稞，形似芦苇，但绝非同类，有些地方叫它芭茅。

第四章　秆稞巷与菜花地

强强宁可把它看作茅草的近亲，是放大了的茅草，这是有根据的，因为，秆稞也长茅针，采食期稍晚。秆稞茅针是秆稞的嫩花蕊，比普通茅针大不知多少倍，一支抵得上一把。味道更肥美，可以说是茅针中的极品，所以很罕见。

秆稞巷在风中飒飒作响，强强站在土山边观望。它三面绝壁，底下是泥泞且杂草丛生的低洼地。只有河坡上一条窄窄的田埂，能接近秆稞巷。强强沿着田埂来回寻找，用镰刀拨开密密匝匝的秆稞叶，好不容易找到一支，用镰刀勾住，缓缓拔起，攥在手里，足有两筷子长。秆稞根部没有踩踏痕迹，秆顶没有拔走茅针后留下的空洞，从迹象看之前无人涉足过。除了强强，队里男孩，有几个敢于单枪匹马闯荡秆稞巷？强强没想过，自己不知哪来的勇气。强强来回找了几遍，才找到两支。这秆稞茅针实在太难发现了，紧致的鞘节限制了它的膨大，只能从顶一片单生的细叶判断有无。强强又发现一支，离得太远，拿镰刀都够不到，别说手了。凭肉眼判断，它更肥硕，比手中这两支大得多。怎么办？秆稞根部密不透风，根本无法下脚，事实上强强还缺一点胆气，这片秆稞巷有多少未知，谁知道毒蛇野兽藏身何处，伺

029

田埂上的梦
TIAN GENG SHANG DE MENG

机袭击他呢！强强踮起脚，最大限度把自己拉伸，秆稞叶锋利的叶边把他裸露的手臂及脸部划出道道血痕。

偌大一片秆稞巷，手够得着的地方极其有限，一共收获五支，已然是很不错的收获了。他自己只吃了一支，最小的两支给了八岁的妹妹，最大两支送给曾老师。

曾老师两眼在镜片后放光，"啊？这就是秆稞茅针！"她来这里几年了，听说过却从未品尝过。曾老师一连表示感谢，回房间拿出一包东西。那是一个长方形纸袋，纸袋上从内而外渗出油渍。强强从她手中接过，油汆食品隐隐的香气沁入鼻腔。是枇杷梗（特色小吃，又叫油京果）。几年前，父亲开船到上海装氨水，带回来一包。粗细长短接近小指，略微蜷曲，沾着白色的糖粉，咬一口，松脆甜，唇齿留香。这简直是世上最美的食品。

强强回到家，把枇杷梗倒出来，摊在报纸上，数了几遍，一共四十三根。他跟妹妹分食了三根，家人每人十根。在强强家里，很多食物严格按人头分配，禁止多吃多占。

转眼已过小满，麦熟前的天气异常晴朗，气温一天高似一天。强强喜欢钻进油菜地割草。油菜秆有半人多高，强强把草篓藏在田里，蹲在沟垄中。由于晒不到阳

第四章　秆稞巷与菜花地

光，油菜地里的草与田埂边的不一样，嫩而瘦高，扎根浅，几乎用不着镰刀。雀野豆，即野豌豆，像藤一样攀援秸秆，开红色的小花，小小的豆荚里含着六七颗种子，挤去种子的豆荚能做成哨子，不过声音单一。黑麦草长得跟麦苗很相似，是危害麦田的高手。婆婆纳惹人喜欢，它匍匐在地上，每个分枝昂头向上，细小的花似停歇的蝴蝶，白中带紫蓝色。猪殃殃最常见，四棱状的茎，茎叶有些毛糙，羊可喜欢了。

强强拖着草篓从油菜地钻出来，不巧又遇上阿良，这个像幽灵一样的家伙，所有人都躲着他。阿良说："告诉队长，告诉老师，你破坏庄稼。"队里不允许孩子进入，生怕弄断秸秆，导致油菜籽减收。强强无法抵赖，满草篓的草，头发衣服上沾着黄色的花粉，最现成的罪证。告诉老师，强强不怕。告诉队长？队长这会儿在自家坯场，强强曾亲眼见到队长扛着草帘往坯场方向去。

阿良似乎看透了强强的心思，说："不告诉也可以，你帮我采两个蜜罐。"

蜜罐，即蜂类体内的蜜囊。以前，癞痢头阿三的房子都是土坯墙，这个季节，野蜜蜂喜欢聚集在这里，嗡嗡嗡飞舞，在墙缝间钻进钻出。野蜂把队里一帮小伙伴

031

田埂上的梦
TIAN GENG SHANG DE MENG

吸引到这里,每人手里攥着一支柴芯,看准野蜂钻进去,便将透明的小口玻璃瓶倒扣在墙缝上,把柴芯插入墙缝轻轻拨弄,受惊的野蜂撞进玻璃瓶,成了孩子们的囊中之物。胆大、眼疾手快的无需瓶子,直接用手指捉。这是男孩的游戏,女孩没这胆量的。一手捏住野蜂背部,一手从背后攥住腹部,轻轻一拉。蜂类的腰部极细,是它最薄弱的部位。拦腰分离的蜂,露出金黄色的蜜囊,麦粒大小,入口,舌尖一丝甜味。蜜囊太小了,几乎若有若无,只有很少几点味蕾触到甜味。野胡蜂个体大,蜜囊也大得多,可是罕见,逮它们的难度高得多。强强最喜欢捉黑胡蜂,白头黑胡蜂最佳,蜜多,还没危险。如果不是馋极了,或者自投罗网,他一般不去捉黑头胡蜂,蜜囊小得可怜,与它硕大的个体极不相称,最可怕的是它屁股后黑色的针,又长又毒,随着屁股的收缩一刺一刺,随时准备蜇人,被它蜇到,疼上好几天。

  阿良要强强捉的蜜蜂,是从蜂场上飞过来的。油菜地上方,能看到它们成群结队往返。这片油菜地里,有成千上万的蜜蜂,每朵油菜花上都能见到它们忙碌的身影。一朵花只有一个花蜜,蜜蜂需要采集一百朵花才能储满蜜囊。这些知识是曾老师告诉强强的,曾老师还告

第四章　秆稞巷与菜花地

诉他，蜜蜂喜欢在菜花上拉屎，提醒同伴这朵花已经采过蜜，不要瞎折腾了。蹲在菜地拔草时，强强仔细观察过，蜜蜂确实在待过的花瓣上留了一个小黑点，就像用钢笔轻轻点了一下。

落在油菜花上的蜜蜂过于专注了，把头埋在花蕊中，浑然不知来自身后的危险。强强轻而易举抓住了两只，递给阿良。阿良为什么不亲自捉呢？曾老师说过，蜜蜂也是集体财产，属于养蜂场。阿良私下一定捉过好多蜜蜂，吃过好多蜜罐，但死无对证。当着强强面捉，便留下了把柄。这回，强强的把柄落在阿良手里，任凭他要挟。强强不敢告密，既不敢告诉曾老师，也不敢告诉放蜂人。一旦有人知道他也不怕，蜜蜂是强强帮他捉的，顺藤摸瓜，强强钻油菜地的事会穿帮。

阿良的如意算盘打得多好！小小年纪，心机不小。大概是他太得意了，在吃第二个蜜罐时，被蜇到了，"哎呀"一声惊叫。强强移开阿良的手，半截蜜蜂粘在阿良下巴，尾部细细的芒刺扎进嘴唇。强强把芒刺拔出来。阿良的脸因痛苦扭曲着，下嘴唇瞬间红肿翻翘。

强强说："快回家，抹点酱油，消肿止痛！"心里偷着乐。你也有今天！看你明天怎么跟同学解释。

第五章　蜜蜂与蜂蜜

乡下孩子，被野蜂蛰到是常有的事，手上蛰一口无所谓，蛰脸部或头皮上比较疼，嘴唇血管丰富，痛感剧烈，翘着很难看，还影响吃饭。

强强再见到阿良已是星期一早晨。同学都知道，阿良是被黑头胡蜂蛰了，方志强可以作证。这是阿良的解释。阿良破天荒在背后没叫强强扁头。阿良最喜欢给人起绰号，叫小芹"小芋头"，叫方卫星"老绵羊"，叫朱家角的朱林元"老猪婆"……曾老师曾在班上说，同学之间要互相尊重，给人起绰号是不文明的表现。有一回下课，阿良又骂朱林元"老猪婆"，朱林元跟他动起手

第五章　蜜蜂与蜂蜜

来。曾老师狠狠教训阿良："什么德良，我看你无德无良！""无德无良"这词，一度似戴在阿良头上的紧箍咒，成为文雅而刻薄的评价。

放蜂人到队里已经有些时日，依然是去年那一帮人。

早些时候，养蜂人驻扎在西边的丁家坝。丁家坝庄子大，人多，田多，仓库多，仓库场称得上广阔。强强九岁那年，给望虞河边做土坯的母亲送饭，突然发现这里多了许多大木箱子。母亲关照过，遇到蜂群不要跑，它会追上你蜇你。强强故作镇静，放慢脚步，沿着场边走过，耳畔嗡嗡嗡的轰响，就像飞机低空飞过，成千上万的蜜蜂集结在木箱上空，一团团黑色幻影翻飞，移动，聚散，几只疾飞的蜜蜂撞到强强头上。强强本能地用手一摸，这下惹祸了，一群蜜蜂飞过来往他头发根、耳孔直钻。如果这时候能保持淡定，不加理会，它们玩一会儿，自讨没趣，很快就飞走了。九岁的强强哪有这份淡定，试图用手掸走这些可恶的小虫子。一只受惊的蜜蜂把毒针狠狠刺入强强头皮，强强用手一摸，又是一阵刺痛……他被三只蜜蜂蜇了。母亲帮他翻开头发，把毒刺拔出来。一只蜜蜂在发根扑翅膀，拖着断成两截的身体，蠕动着尾部。母亲叹口气："你疼几天就好了，它丢了性

田埂上的梦
TIAN GENG SHANG DE MENG

命,它的刺连着命根子。"那一夜,强强发烧了。

每到这季节,丁家坝的同学牛皮哄哄,我队仓库场有一场蜜蜂,你们有吗?强强隐瞒了被蜇的狼狈,隐瞒了此后抄远道去坏场的糗事。蜜蜂飞得可远了,我们这里,胡巷,桑家桥都飞到,稀奇什么。

一个早晨,强强发现队里仓库场上突然摆了几十个蜂箱,乌黑的箱盖被夜露打湿了,靠近底部的小门关着。仓库场静悄悄的,走廊放着两张钢丝床,隆起的被子说明有人睡着。中午时分,才见得两男一女在仓库场活动,他们找来断砖,把一个个蜂箱垫起,排整齐。看样子,是一对年轻夫妻,加一个老头。他们是在夜里到达这里的。母亲说,半夜曾听到机帆船的声音。

中午时分,室外传来嗡嗡嗡的声音。教室窗外,飞虫一下子多了,是蜜蜂!这里距蜂箱不到两百步。有几只蜜蜂昏了头,撞进教室。曾老师手里握着竹教鞭,一脸惊慌。强强用经验告诉曾老师,你不惹它,它不惹你,不怕。

队里的仓库场被蜜蜂占领了,军体课移到下场。下场比仓库场低,且小得多,以前是龚家打谷场。几十年风剥雨蚀,场砖碎裂,坑坑洼洼,基本废弃了。余老师

第五章　蜜蜂与蜂蜜

来上五年级体育课,曾老师去一二年级上唱歌课。新落户的蜜蜂很不安分,不去菜花地采蜜,却来扰乱五年级的军体课。一节课上,有五个同学都因惊扰了蜜蜂而被蜇。这几个倒霉的同学,没有一个属于方家塘,也没有来自丁家坝的。

强强跟同学打赌,谁敢到上场转一圈?同学不敢,他敢。强强跨过水沟,抵近蜂箱,在蜂箱间盘曲绕行,到达最东端原路返回。强强裸着头部,穿着田径裤、汗背心,毫无防御措施的他,来去自如,毫发无损。

闲暇时候,强强与小伙伴喜欢到蜂场玩。

这时节的仓库基本是空库。化肥、农药及少量的稻种囤积在西仓,门上挂着一把大锁,钥匙掌握在队长、技术员和保管员手里。东仓住着老头,老头经常开着门,有灶具,有铁桶、油布,有待修的蜂箱。中仓也腾空了,年轻夫妻住着,桶桶罐罐更多。按理说,这是年轻夫妻卧室,门经常敞开着,似乎毫无隐私可言。

强强留意,那个年轻女人是从来不干活的。女人一天到晚的任务,就是打扮得漂漂亮亮,坐在走廊看风景,或者躺在钢丝床上睡觉。这张钢丝床可以折叠,中间多出两条腿支撑。床不过一米宽,比强强睡的木床窄得多。

田埂上的梦
TIAN GENG SHANG DE MENG

这么窄的一张床，如何容得下两个成人睡觉？不但强强和小伙伴们有疑问，强强父母也有疑问。强强与卫星趁主人不在时，偷偷落座钢丝床，屁股使劲夯动，把拉簧绷得吱吱嘎嘎响。

放蜂人有一辆自行车，看不出商标，没有车铃，没有脚撑，平时斜倚在走廊。年轻男人有时候骑着它到街上买菜，买些荤菜。乡间都是土路，很多时候骑车还不如步行省事。他们不买蔬菜，这家那家给一点，混熟了，不必打招呼，只管去菜地摘。当然，他们不会白吃，以蜂蜜偿还人情。蜂蜜是稀罕品，蜂王浆更稀罕，据说全队只有队长和大队书记享用过，难怪他们身体结实。养蜂人买米比较麻烦，家家粮食紧缺，粮食是命根子，给多少钱都舍不得卖，黑市也买不到。队里有一点余粮，每年总会多留几百斤种子，正好卖给放蜂人。

养蜂人的生活，始终带有神秘色彩。一夜之间，仓库场忽然多出了几十个蜂箱；一个多月后的某一天，他们连同几十个蜂箱忽然从人间蒸发了。他们从哪来，到哪里去，谁都说不清。强强从与他们有限的交谈中，知道他们从南方一路过来，渐次向北方迁徙，直到秋冬时节，再回到南方，行话叫"赶花"，哪里有花，赶往哪里。他

第五章 蜜蜂与蜂蜜

们的口音,接近上海话与苏州话,又不怎么像。他们说是浙江人,浙江在哪里,强强搞不明白。

那个年轻女人喜欢吃芦稷(甜秆高粱),强强给过她几次。她还喜欢吃黄瓜、生瓜,自留地里有的是。有一次她问:"种甜瓜吗?"强强摇摇头,不知道甜瓜是什么。后来明白就是香瓜。香瓜比较稀罕,母亲种的一窝生瓜只夹了一棵香瓜,靠形状相近的瓜叶藤蔓掩藏,往往半生不熟即被馋嘴的孩子偷走了。难得摘到一个成熟的香瓜,强强有些不舍。

活框蜂箱都是卯榫结构,箱体一样大小,方方正正,形似家里放棉胎的樟木箱,通常两个箱子叠在一起,也有三个四个叠加的。蜂箱盖似一顶帽子套在箱体上。仔细观察,箱子的结构挺复杂,盖子侧面有通风口,箱体上有凹槽扣手,巢门最有趣,两片三角形木块,可随意调节出口大小。

日出日落主宰着蜜蜂的生物钟,它们雨天不出动,阴天很少露面,大晴天忙得不亦乐乎。日出后,强强蹲在蜂箱边看蜜蜂出动,养蜂人把小门打开,几只迫不及待的蜜蜂探头探脑钻出来,疾飞而去,接着蜂群鱼贯而出。日落时分,蜜蜂归巢,似乎不着急回家,在蜂箱上

田埂上的梦
TIAN GENG SHANG DE MENG

空飞舞,天光渐暗,它们飞舞的轨迹越来越低,徘徊在门口。养蜂人一一检查,关门,说是怕蚂蚁、蜈蚣之类的坏家伙钻进去捣乱,怕野蜂钻进去残害蜜蜂。总有些蜜蜂被关在门外,就像玩疯了的孩子忘了回家,巢门口或多或少停歇着几只露天过夜的蜜蜂。

蜜蜂不是有厉害的武器吗?养蜂人说,那要付出生命代价的,一辈子只能用一次。母亲也说过类似的话,口气带着同情。

强强从养蜂人处获知,平日所见都是工蜂,工蜂就是干活的蜂,终生劳碌,群体最大,地位最低。这让强强想起自己的父母,一天到晚匍匐在地里,农闲时到坯场脱土坯,没日没夜地干,一年吃不上几顿肉。

有一次,蜂箱盖子掀开了,养蜂人把巢框取出来,正在查看什么。强强一眼发现其中一只蜜蜂特别大。养蜂人说,这是蜂王,即蜂后。蜂王是这箱蜜蜂的首领,以工蜂分泌的蜂王浆为食,一辈子唯一的任务是生儿育女。强强记得,课文中把不劳而获之辈称为寄生虫,不由联想到老谷一家。农民们在毒日头里一身泥一身汗,他们一家摇着蒲扇听收音机,还经常用高级煤炉炖蹄髈吃。养蜂人说,蜂王是母的,工蜂也是母的,小时候吃

第五章　蜜蜂与蜂蜜

过几口蜂王浆后断供，改吃蜂蜜了，如果它一直吃蜂王浆也能成为蜂王。这种因果关系令强强迷惘。

大约十来天以后，蜂场迎来第一场收获。

似农民收割庄稼，养蜂人一下子忙碌起来，一直吃零食看风景的女人也换掉了连衣裙，穿一身白色的防护服满场奔波。

蜂箱盖次第掀开。厚手套，防护服，防蜂帽，养蜂人全副武装，脸藏在撑开的网纱背后。网纱上爬满蜜蜂，任何打搅它们平静生活的外族，哪怕对主人，都会以命相搏。养蜂人熟练地拉出巢框，用力抖开附着的蜜蜂，用软刷子轻轻掸走顽固分子，用刀子削去蜂巢表面的蜜蜡，两两置于一个圆筒形容器中。摇动手把，借助离心力把蜂巢中的蜜汁甩出来，顺着内壁往下淌，液面慢慢升高。本地人形象地称为"摇蜜"，圆筒形工具就是"摇蜜机"。

蜂蜜金黄，黏稠，与菜油差不多。三个人分工有序，老汉收放巢框，年轻男子摇蜜，女人负责转运，提着铁皮桶，把蜂蜜送到仓库里。

强强和小伙伴还是第一次见到取蜜，第一次见到这么多的蜜。群蜂飞舞，被惊扰的蜂儿烦躁而富有攻击性。

田埂上的梦
TIAN GENG SHANG DE MENG

养蜂人喝令小屁孩们远避,同时,免得他们围在摇蜜机周围碍手碍脚。

仓库里排着十来个大大的罐状容器,形同"柴油桶",桶口仅杯口大,容量三百多斤。长这个样子的都称柴油桶。有两个桶是敞开的,没有盖子。蜂蜜脏兮兮的,蜂蛹、蜜蜂、蜂蜡掺杂其间。这么脏能吃吗?小伙伴们质疑。他们确实被告知不能吃,并非由于不干净,而是因为它是"生蜜",有毒。

蜂蜜还有生熟之分?没见到仓库里有大锅,养蜂人用大锅煮蜂蜜。只看见他们衬着滤网,把蜂蜜灌入柴油桶。

强强第一次正儿八经品尝蜂蜜是在上年冬天。母亲不知从哪里变出来一个瓶子,父亲喝的"乙级大曲"酒瓶,说是"蜜糖"。母亲一贯称蜂蜜为蜜糖,蜜是材质,糖象征甜味,可能更贴切。蜜糖是这个样子的么?它不是淡黄黏稠的液体,怎么变成了乳白色结晶,与荤油差不多。母亲以为蜜糖变质了,有些懊恼,藏得太好,居然没让我发现。她用筷头蘸了一点送到舌尖,说没坏。她以热水焐,蜂蜜融成黏稠的黄色。难得奢侈一回,母亲给强强和英英都泡了一碗蜂蜜水,兄妹俩捧着碗,轻

第五章 蜜蜂与蜂蜜

轻吹着,慢慢唧溜着,蜂蜜的甜与黄糖不一样,有隐隐的花香。这一瓶蜂蜜,作为养蜂人占用仓库场给队里的回报,分到每家就这么多。

少才稀罕呢!被勾起馋虫的不只强强,阿良、卫星兄弟、振明等等七八个玩伴闻风而至,聚集到这里。养蜂女人刚刚出去,阿良手指蘸一点蜜,送到舌头舔食。小伙伴望着阿良:"好吃吗?"阿良咂巴着嘴:"好吃!"小伙伴们依然不敢效仿,心里忌惮"有毒"的忠告。阿良又蘸了一口,这次用两个手指,沾的蜜更多。小伙伴观察阿良的反应,"舌头麻吗?""头晕不?""肚子疼不疼?"阿良只是摇头,继续蘸着吃。什么毒不毒的,众人再也按捺不住,一拥而上,几双小手争相伸进去,舔食手指,真甜,太甜了!阿良说:"有人来了!"小伙伴们把手藏到身后,一脸尴尬地望着女人。他们鬼头鬼脑的神情,嘴边黏糊糊的,早被女人察觉。女人说:"吃够没有?走吧。"

强强跟着小伙伴老大不愿走出仓库,回头望了一眼贮蜜桶,桶边搭着一条毛巾,用于擦拭桶沿下挂的蜂蜜,刚才最矮小的振明手够不到,嘴凑在毛巾上吮吸,鼻子上脸上都是。他们到小河边水埠洗手,抹脸。现在他们

043

田埂上的梦
TIAN GENG SHANG DE MENG

基本能断定,蜂蜜无毒,不管生还是熟。否则,那女人怎么不紧张呢?养蜂人肯定有解药,女人会给他们解药。万一真有毒呢?年龄最小的振明一脸懊悔。阿良拿振明开心,说趁现在没进肠子,赶快吐出来。振明真的撅起屁股,趴在水埠上干呕。阿良一脸坏笑说,喝几口河水,把手指伸到喉咙口。众人大笑。笑归笑,依然有些后怕。阿良说,要死一起死,我吃得最多最先死。强强尽管不喜欢阿良,却很佩服他节骨眼上有这份勇气。

事实上,什么事都没有。

尝过第一次,惦记着下一次。用手去捞毕竟不卫生,也狼狈。小伙伴们争相出主意,阿良想到了麦柴,即麦秸秆。麦秸秆中空,可以做吸管。他们到柴垛上拔小麦柴,小麦柴管壁厚而硬,中间一节管腔最长。他们终于又逮到一次机会。如有天助,满满几大桶蜂蜜,排在门背后,外场忙碌的养蜂人看不见他们。他们把自制吸管插入蜂蜜中,用力吸食。可能管腔不够大,蜂蜜太黏稠,效果不很理想。才吃到一点,吸管开裂漏气,不过瘾。

吃是最能激发想象力的。这次,强强想到竹子,从靠在墙边的竹扫帚突然引发的灵感。说干就干,队里的竹园有的是竹子。当年的竹嫩,容易切削,制竹器不行,

第五章 蜜蜂与蜂蜜

做吸管正好。伙伴们差遣振明过去侦查，只等"防范"空虚，偷偷溜进去。

工具改良的时候，小伙伴们都大显身手。找到机会后小伙伴们一圈围在桶边，吃了个痛快。这帮孩子太贪嘴，嗓子被高浓度的蜂蜜齁得难受，呛咳着，喝了好多井水。强强用的劲儿太猛，一口蜂蜜直冲到喉咙，嗓子疼了好几天，喘息间发出怪声。

阿良的贼胆最大，还装了一瓶子蜂蜜。不料被年轻男子撞见，瓶子连同蜂蜜被没收。阿良用的是空乳腐瓶，瓶口大，灌满一瓶蜜只需一会会，就差那么几秒钟就完事了，阿良恨得直咬牙。

此后，养蜂人看管得紧，小伙伴再没找到偷吃的机会。

油菜花开始结荚，收割净的红花草田被翻耕，准备育稻秧。忙碌的蜜蜂开始懈怠。养蜂人离开的前一天夜里，蜂场上发生了一件不可思议的事，几箱蜜蜂集体出逃，养蜂人说，有人在蜂箱门口撒了六六粉。蜜蜂何等灵敏，它们依靠地标认路，也能沿着第一次开辟的"香路"回家，六六粉剧毒，刺鼻，哪怕一点点，娇气的蜜蜂如何受得了。

田埂上的梦
TIAN GENG SHANG DE MENG

养蜂人在村子周围转悠,循着蜜蜂飞行轨迹,举着手电,从田间寻到桑家桥。在一棵大榉树上发现两堆蜂群,密密层层团结在离地四五米高的树丫。他们借来梯子,爬到树上,用防蜂帽把蜂群兜住。养蜂人庆幸,没损失蜂王。树上的蜂很快散去,跟着蜂王的气味回到家。

是谁搞破坏,撒的六六粉?养蜂人走了,散落一堆支蜂箱的断砖。从此以后,再无养蜂人落户方家塘。

第六章　望虞河畔的坯场

方家塘本是河名,村河连着外塘,常熟地图上有标注。先前,庄子一分为二,河东为龚家塘,河西方家塘,合二为一依然叫龚家塘,因为龚家是富户,势力大。后来龚家破落,占人口绝对优势的方姓人家要求更换庄名。于是,庄子便随了河的名。

这河不宽,却是这片地域主要的水路交通和灌溉水道。它在村外深水区分叉,向东曲曲折折穿过一个个村庄,进入尚湖,尔后随张家港河到昆承湖,连通苏州、上海。向西有一船闸,一年中大半时间船闸开着,洪水期或枯水期,内外河落差过大时才关闭。闸门外,就是

田埂上的梦
TIAN GENG SHANG DE MENG

望虞河。

古老的望虞河可以追溯到战国时期，由越国大夫范蠡组织开凿，它是连接太湖与长江的泄洪道，相传得名于项羽夫人虞姬的故事。

强强小时候，一直听母亲念叨望虞河："开望虞河那年……"母亲很多故事这样开头。强强二年级时，学会了多位数加减，能算出那年是一九五八年，母亲虚龄十八岁。母亲是当年开望虞河大军中的一员，她挖土挑土的地段大致在距外婆家不远的渡口。母亲叙述这段经历的目的，主要不在回忆吃过的苦，而是宣扬一种荣耀，在她刚刚成年时就遇上了那么一项惊天动地的伟大工程。母亲却搞错了一个重要事实，她不是开凿，而是疏浚和拓宽。当然，工程量巨大，拓宽后的河比起之前大了好多，望虞河两岸的堆土就是最好的注脚。

强强懂事时，堆土已经减少了大半。岸头两米宽的土路，是当时人流量最大的官道，也是河中货船南来北往的纤道。沿河一侧渐渐夷为平地，变成了坯场，场地上，夯筑一条条稍稍隆起的用于码放土坯的基座。堆土逐年蚕食，坯场逐年推进，条状基座逐年拉长，有的地方已经达到堆土最厚处，形成十几米高的断崖。

第六章　望虞河畔的坯场

坯场，又称坯塘。初夏麦熟前一个多月，仲秋稻熟前一个多月，农民们利用这两段农闲，到坯场做土坯，藉此多挣几个工分。那是唯一以家庭为团队，独立计量的副业，体力重，但收入可观，于是家家全员出动，没日没夜地劳作。望虞河沿线，绵延几十里，到处都是坯场，到处都是噼噼啪啪的掼坯声，河对岸，同样的风景绵延着，那是何等壮观的场景。

强强开始到坯场，出于好玩。他尚且不懂得欣赏风景，就是好玩，看父母怎么把寻常的泥土通过一道道工序变成方方正正的土坯。再后来就不好玩了，母亲舍不得浪费这个唾手可得的小劳力，开始培养他码土坯。

南方做土坯与北方拖土坯的绝对不在同一水准。北方的土坯硕大而粗糙，晒干后直接码墙。南方的土坯精致而光整，烧成砖才用来砌墙。五年级的强强已经不是第一回干这活了。母亲站在坯台前，用木范（即土坯模型）掼土坯。母亲在木范内侧抹上草木灰，把一团方正的软泥用力扣入木范，以弓状拉紧的钢丝沿木范边缘一拉，切去多余泥块，用"泥刮子"（镰刀柄大小的圆柱形木，中间V字形掏空）把切面擀平整光滑，将木范翻身，把另一面也擀平整，最后松开木范，把土坯脱到坯板上。

田埂上的梦
TIAN GENG SHANG DE MENG

不说和泥,一块土坯的制作要经过这么多工序,所有的程式都是固定的,工具放在最顺手的地方。强强站在母亲右边,帮母亲"跕泥团"。"跕"的意思是坠落,或许用"跌"也合适,既要巧妙借助泥团自由落体的重量,又要适当控制力度,把泥团墩成略小于木范的长方体。等母亲脱满六块土坯,强强端着土坯跑向基座,把土坯暂置于凳面,然后每次两块,码到基座。

码土坯也是技术活,要求码成一直线,美感倒在其次,歪歪扭扭容易倒塌。其次上下骑缝,也是为了牢固。新坯软绵绵的,从凳子码到基座,平放重叠的两块新坯,转为竖起的瞬间,太用力变形,不用力从手中滑落,尽管分外小心,打翻或撞坏新坯在所难免。母亲一旦发现,骂几句是小事,只要不抡起泥刮子打过来,难怪她心火,十几分钟活白干了。

母亲的手脚不算快,质量要求却极严格,她出手的每一块土坯有棱有角,毫无瑕疵。她经常对强强说:"将来人家买回砖头,称赞一句也是话,嫌弃一句也是话。"又说:"如果我家刚好买到自家做的土坯烧成的砖,岂不是老母猪拉屎拉在食槽——自己害自己?"强强反驳:"不见得那么巧。"母亲说:"凭良心,拆来污活儿少干!"

第六章 望虞河畔的坯场

母亲保质不保量的工作态度,可害苦了强强。她耐力好,唯一能赶上邻居的办法是拉长时间,所以她每天早出晚归。拿她自己的话就是"扳开眼睛就去坯场"。强强有时候觉得,文盲母亲不乏说话艺术,她说"扳开",不说张开,意味着每天不能睡到自然醒,睡眼惺忪间强迫自己起床。不过,母亲起得再早与强强无关,晚归才有着切肤之痛。

每天放学后,强强直达坯场。做坯当口,英英接替哥哥割草、烧晚饭、喂牲口。母亲的饭盒里给强强留一口饭,权当点心,好歹垫巴垫巴肚子。母亲饭量大,可总是给强强留一点。有好几次,饭盒没放好,爬满了蚂蚁。这怎么吃啊?母亲把饭盒沉入河面,借助河水浮力把蚂蚁漂走。母亲叹了口气说,将就着吃几口,不然肚子吃不消。

坯场里的时间过得最慢。强强遥望西天,太阳怎么那么顽固,晚霞怎么老是不褪去呢。终于,等来夜幕降临。母亲问强强,这一行到头还有多远?强强说,一百块不够。强强清楚,这条基座一行码三百九十多块,剩余长度大概需要多少土坯,不过,他往往夸大事实,给母亲造成错觉,让她失去动力。母亲不蠢,只需探头一

田埂上的梦
TIAN GENG SHANG DE MENG

看,说,哪有?做到头就回家。今夜月色好,家家坯场里噼噼啪啪忙乎着。终于到头了,强强问母亲:"好了?"母亲似乎没听见,手里活儿没消停。母亲说:"你看人家都没走,再切几条泥。"强强不干。母亲一边骂,一边亲自去切。"切得太多了!"强强嘀咕。切下的泥都得用尽,次日收干了就废了。噼啪声渐稀,两家邻居打烊歇业,只有较远的地方依稀有噼啪声。窑厂上的高音喇叭播完《国际歌》,说"再见"了。强强又跟母亲闹。母亲说:"急什么,那边还有一家没走。"凭感觉,那里是阿良或小芹家坯场,这两个小伙伴平日不比强强省力。

强强跟着母亲回到家,做管水员的父亲去田间巡查了,英英趴在桌上打瞌睡。粥留在锅里,还有些热气,自家的腌萝卜有些咸,晒得太干,嚼得腮帮子疼。

队长挨家挨户通知,后天开始割麦子,坯场暂停。真是个好消息!强强很开心。母亲说:"明天跟我去开早工,那么多剩泥怕来不及。"见强强不应声,又说:"就算吊打也只有一天,睡觉去!"母亲惯于用"吊打"衬托劳作,坯场比吊打好不了多少。

最后一天堪比吊打。突然起了大风,入夏第一波台风。护坯台上的凉棚被吹得东倒西歪,尽管挡了两道秆

第六章 望虞河畔的坯场

稞帘子,风依然从缝隙灌进来,棚内草木灰乱飞,往鼻腔、眼眶里钻。两垄土坯已经码到十行高,飓风使得坯墙两边收水不均向一侧倾斜,随时有倒塌的危险。坯墙边撑满草帘子、扁担和竹竿。

父亲把坯台上的方砖、木范、泥刮子等挑回家,放在天井。终于熬出头了!强强长舒一口,用不着急吼吼往坯场跑了。

开镰收割前,队里有一项不成文的规定,每家每户可以向集体预支五元钱,用于买镰刀买草帽。强强父亲兼任现金保管员,从银行领回一大沓五元币。两三把镰刀不到两元钱,草帽用不着年年更新,还能剩下两元左右,可以买一块猪肉。父亲喜欢买半肥半瘦的肋条,最好不带肋骨的软肋。母亲本事大,把肉切得薄如树叶,烧一锅肉汤,掺半锅黄瓜。有一点荤腥,黄瓜的味道大不一样。猪肉是限量的,任何人无权多吃多占。英英不吃肥肉,瘦肉留给她。母亲能吃一点,强强无所谓,最肥最难看的部位留给父亲。这顿肉是对坯场劳作的慰劳,还是迎接即将开始的农忙?强强只知道,挨到下一顿吃肉,不知得等多少时日。

是该慰劳慰劳了,全家都有功劳。父亲让强强合计

田埂上的梦
TIAN GENG SHANG DE MENG

合计,这个三春一共做了多少块土坯。父母一直把初夏称作三春。从第一垄开始,强强记着账,这活对他小菜一碟。父亲估计在四万五千块左右,强强通过精确计算,一共四万八千七百九十三块,按每万块四十个人工计算,折合人工一百九十五工多一点,按照去年每工五角四分的分配水平,有一百零五元收入,这是父母历史上从未有过的好成绩。母亲开始憧憬秋熟,秋熟时间稍长,至少还能做五万块土坯,加上下地的工分,扣除口粮,今年有望能得到三百元分红。父亲说,其中有二十元钱算在强强头上。强强能为家里挣二十元,两张大团结!父亲说,还有五元算在英英头上,她虽然没有去过坯场,揽下烧晚饭、割草,一个八岁女孩,本领蛮大。英英听着,翘了半天的小嘴巴乐成了一轮月牙。

父母人前人后夸强强,说儿子会算计。

第七章　夏　熟

五月中旬，夏熟作物开镰收割。队里近两百亩地，油菜与红花（紫云英）地大概五十亩，"三麦"各五十亩。所谓三麦指大麦、元麦、小麦。大麦，不要看穗头仅两棱，颗粒大亩产高，一般用作牲畜饲料。元麦，与西藏的青稞是同一物，适合酿酒。小麦，麦类中生长期最长，品质最好，用以磨面粉。不同农作物的种植，既满足不同层次的需求，也因成熟期不同适当错开收割时间。

打响夏收的第一个早工是收割油菜。从结荚到成熟，时间极短，十来天就转黄了，烈日下，饱满的菜荚不触

田埂上的梦
TIAN GENG SHANG DE MENG

碰都会自动炸开,所以,一两天之内必须完成收割,而且必须在沾着露水的大清早。全队男女老少齐出动,排着队,地毯式推进,把一棵棵油菜小心放倒。

方家塘出的干部多,工匠多,稳定劳力严重缺乏。农忙时节,队长非常欢迎各家竭力动员大孩子支农,一则多少减轻成年劳力的负担,二则让孩子们提早接触农事,反正早晚都要学会。强强从四年级开始就下地了,与他同时介入农活的一共八个孩子。强强觉得队长与记工员定的人工不合理,强强和卫星等几个记五分,阿良等几个记五分半,凭什么多半分,就凭他们几个大一岁。大一岁怎么了,杏花白长强强一岁,哪样活比他厉害?不就因为她是队长的女儿。补充一下,日头工男劳力十五分,妇女分三档:青年组十二分,中年组十分,老年组八分。强强对记工员提出不服。记工员说,队里一向这么定,吃亏便宜不能用尺子量,到你十八岁挑得动六十块砖,一样给你记十五分。

不服有什么办法呢,强强舍不得失去挣工分的机会。

母亲找出三把二货镰刀,隔日叫父亲磨过。家里的镰刀分四挡,最新最锋利的割稻割麦,次一点的割红花割油菜,退下来割草,最后钢火彻底退尽,剩下半把镰

第七章 夏 熟

刀疙瘩,种菜。父母与强强排在一起,互相照应着。队长跟在屁股后面叫唤,不要留茬子!母亲却轻轻吩咐强强,把茬子留长一些。

茬子即油菜根,秸秆桩子,根部长有固氮的根瘤菌,是上好的基肥,拖拉机捣不烂,太长了影响插秧,队长所以关照尽量留短。农民们也有自己的小九九。

一个早工大概两个小时,天气凉爽,出工效率高,记半日工分。割得最快的已经到头,强强跟父母还差一截。强强发现,田中央放倒的油菜明显稀薄,田埂边的油菜个大茂盛,费时费力。强强嘀咕了一句。母亲说,农活没学会,偷懒先学会了,使劲!强强没吃早饭的肚子咕咕叫,再也挥不动镰刀。

谁说了一句,曾老师走了!强强回头看去,曾老师已经拐上拖拉机路。曾老师现在可以不下地了,队里约定俗成的传统,余老师、曾老师这种性质的农民,除了学校放农忙假,平时不需要参加队里劳动,他们干多干少,干与不干一个样,反正一年拿队里的平均工分。余老师就没出工,据说还在自家坯场。曾老师难道不知道?强强觉得有必要告诉她。

七八个大孩子,呼啦啦往田埂上跑,不管是否完工。

057

田埂上的梦
TIAN GENG SHANG DE MENG

曾老师走，意味着上课到点了。孩子们得跑回家，尽快扒拉两碗粥。仓库场东边那一家，老谷两口子吊起脚半倚在家门口的躺椅上，海绵拖鞋脱在地上，白色的鞋底，蓝色的鞋襻，女式的是带子拖鞋，男式的是人字拖鞋。从这个位置，能看到队里大部分农田，他们看到地里弯腰的身影了吗。过去的大地主还拿着皮鞭到田埂上监工呢，龚家更是领着长工带头干。谷家闺女呢？田里没看见，准是又玩失踪了。强强往地上啐了一口，一早到现在滴水未进，只啐出零星几点唾沫。

这个星期天，队长安排大孩子跟着老妇打菜籽。两块硕大的帆布摊在油菜地中央，强强与伙伴们负责把油菜秸抱到油布上，菜荚在烈日下啪啪作响，老人们叮嘱着，轻一点慢一点。油菜秸堆在油布上，孩子们可以爬上去尽情踩踏，更像是一场游戏。老妇们不紧不慢，一棵棵仔细检查，用竹竿轻轻敲打，确保颗粒归仓。细小紫黑圆滚滚的油菜籽沉积在底部，用簸箕飏净，装入箩筐，由男劳力挑回仓库场。

一块地打完，换一块地，田里留下成堆脱籽后捆扎的秸秆。

晚饭过后，父母带着强强挖油菜桩。油菜地影影

第七章 夏　熟

绰绰，好几家走在强强的前头，阿良家和卫星家已挖了好多。

父亲用锄头挖，强强负责捡拾，母亲在铁锹上敲去泥土，拢在一起。农民所以把茬子留得长，彼此心照不宣，默认并不出格的一点私心。他们不希望把菜桩留在地里，尖硬的桩子很容易戳伤脚底。父亲专挑粗壮的菜桩，地上堆得愈来愈多，它水分足，多少还带点泥，运回家费时费力。父亲用箩筐挑，母亲用畚箕挑，强强用草篓背。一个黄昏的奋斗，成绩都在屋场。这东西晒干了耐烧，火力旺，十来个能煮一锅南瓜。母亲关照强强，明天放学后再去挖。当然越多越好，能省下半个柴垛，到窑厂换回几百块砖也好。

夏收时间极紧，麦子不比稻子，多晒一个太阳，麦粒从穗头脱落，眼看即将入梅，一场雨，它就霉烂在地里了。早稻也要抢时间移栽，超"秧龄"会造成严重减产。队里的农民都像铁打的，上午割麦子，下午插秧，夜里脱粒，一天睡不到五小时。农民都瘦，强强的父亲几乎超不过一百斤，母亲天生壮实，骨骼大而已。

学校放一周农忙假。

割麦是按田亩计算人工的，阿良和强强怕吃亏，向

田埂上的梦
TIAN GENG SHANG DE MENG

队长提出单干,四个大孩子认领一畦麦地。把其他几个手脚慢的被排除,只留卫星、小芹,小芹虽然是女孩,比队长女儿杏花强多了。大队书记儿子多多柱为男孩,远不如小芹。这块地正好两亩,从上午开割,估计吃过点心能拿下,每人得15个工分。十个指头有长短,四个种子选手本领有大小,阿良最厉害。即将完工时,阿良提出不能平均分配,他至少应得18分,强强自报16分,卫星和小芹只能分余下的26分,卫星默认,小芹不否认少干可不至于那么差,气得哭鼻子。强强让步,拿出1分给小芹。

初次合作便闹得不愉快。阿良说,我一个人割一畦。

一人割两亩麦子?拉屎拉掉了胆。卫星和小芹合作割一块,强强一咬牙,独自开辟了一块。阿良这家伙,读书不咋样,干农活是一把好手,能挺能忍。阿良弓着腰,把头埋在麦丛里,身后犁开一带空当。强强每次直起腰小憩,从不见阿良直腰。父母有时打趣,小孩子也有腰?意为孩子不觉得腰酸。强强有腰,阿良真没有腰。

阿良像织布一样穿梭来回三趟,强强好歹割了两趟地。两亩地,至少来回十五趟。割下,捆扎,成年劳力体力充沛时一趟半个多小时。余下那么多,明日完成不

第七章 夏 熟

了。饥肠辘辘,浑身酸痛,强强似泄气的皮球瘫倒在田埂上。青草葳蕤的松软的田埂托着腰部,真舒坦。强强仰望着天空,晚霞褪尽色彩,西天已挂起一轮淡月。

下工的母亲跑过来,骂骂咧咧:"一个人抢一畦麦田,胃口不小,起来呀,干吗躺地上?"回家路上,母亲嘀嘀咕咕,意思不指望强强挣多少工分,屁大的孩子,活没学会先学会计较。

这块地是父母帮着一起割完的。

早稻秧插完,紧接着单季稻移栽。

出梅后,又有一段短暂的农闲。田间管理比较轻松,队长决定放一天假,出动队里的机帆船,组织去山前看杨梅。

机帆船拖了一条木船,满载男女老少往山前进发。山前,即虞山南麓的宝岩一带。靠山吃山,宝岩一带坡地上种着杨梅和水蜜桃。每年这个季节,虞城人涌向这里,名曰"看杨梅",当然不只观光休闲,或多或少买回一点。

机帆船沿望虞河北行,进张家港河,转到山前河。回程从东边绕道尚湖,等于兜了一圈。母亲穿着白底碎花短袖,藏青粘胶布裤子,绿色塑料凉鞋,完全一副走

田埂上的梦
TIAN GENG SHANG DE MENG

亲戚的行头,满船的男女都穿戴簇新。父亲没去,队里许多男人没去。

强强第一次跟着母亲去看杨梅,第一次见到杨梅长在树上的样子,密密匝匝,各色的红象征着成熟程度。杨梅树高大,园主架着梯子爬在树上采摘,满篮子杨梅从树上吊放下来,鲜红的杨梅夹了几片绿叶,新鲜而诱人。坐船时听说,杨梅园里敞开肚子吃,只准吃不准拿。进去后才知道,免费的都是采摘过的杨梅树,手够得到的地方基本都是半生不熟的,酸涩难吃,树梢又红又大的杨梅手够不到,真的只能看。人挤人涌,图个热闹。阿良从篱笆缺口钻进去,偷回两裤兜杨梅,说已经吃得牙齿酸倒了。阿良表现出难得的大方,掏出一把杨梅,给了强强、卫星、小芹、杏花每人两颗。

母亲带去两个大四角竹篮,买回二十斤杨梅,三十斤水蜜桃。

第二天一早,母亲让强强跟着她贩卖杨梅桃子。

母亲挑着前重后轻的担子,一路穿村走巷,往外婆家方向徐行。强强跟在母亲屁股后,手里提着小竹篮,一把星杆秤。母亲不是头回做这生意,上年跟小姨一起。母亲嫩脸皮老肚肠,开不了口叫卖,指派强强吆喝。强

第七章 夏 熟

强清清嗓子:"买杨梅——买水蜜桃——"母亲说,叫得好听点。

"宝岩杨梅——山前水蜜桃——"

强强的第一单生意想不到是同学朱林元。林元正在自家屋场玩耍,好奇地盯着强强,卖杨梅、桃子?强强点点头。

林元把屋里母亲叫出来,要了一斤杨梅,六个水蜜桃。一斤杨梅一角八分,六个水蜜桃两斤十三两,强强使的是十六两老秤,两斤三角两分,十三两正好一角三分,强强报出总价六角三分。林元母亲将信将疑,小孩子算得对不对,这杆秤准不准?她叫林元取出自家的新秤复称,杨梅一斤无误,水蜜桃两斤八两,强强让林元自己算一遍。林元磨蹭半天,取来纸笔,列了道四则混合运算题,最终结果零点六二八元。林元母亲说,没跟你讨价还价,零头让我,给个整数六角。

货卖得很快,到达望虞河渡口时,杨梅只剩下五斤,水蜜桃还有十斤左右。母亲清点钱数,成本收回,已盈利一元二角。昨天强强精确计算过,理论上能盈利三元七角。

母亲吩咐,秤头不能克扣,单价不能压低。摆渡老

田埂上的梦
TIAN GENG SHANG DE MENG

人是外婆庄上的,热情招呼娘俩。强强母亲捧出一把杨梅给老人尝尝,感谢老人不收渡资。两人在外婆庄上又卖出一些,母亲说,不卖了,留着自己吃。外婆留娘俩吃午饭。母亲给外婆留了两碗杨梅,十个水蜜桃,打道回府。

这些都是留给我们自家吃的?妹妹英英那么馋,昨天好歹才给她吃了三颗杨梅,父亲只尝了一颗,水蜜桃,全家只闻过香味。

母亲让强强给曾老师送去二十颗杨梅,两个水蜜桃。"上回曾老师给我家一包枇杷梗。"母亲说:"记着别人的好,只进不出的人不值钱。"

曾老师惊喜而激动,用淡盐水浸泡杨梅,一个劲儿夸杨梅好吃,夸强强有脑子。杨梅根本用不着洗,上海人瞎讲究,用盐水泡杨梅,甜中带咸,还好吃?

第八章 麻　鸭

　　一天放学回家，强强发现家里多了八只雏鸭。篾条圈着，地上铺了干净的稻草。雏鸭圆滚滚的，一身黄色绒毛，走路尚不稳。鸭圈里有两只破搪瓷碗，一只盛水，一只盛剁细的青草拌米糠。雏鸭不怕生，冲着强强叫唤，细弱的叫声像小鸡仔，一点不像鸭子。

　　雏鸭来自孵坊。鸭子出壳后，孵坊里的工人挑着雏鸭走乡串巷，因推销方法特殊，一个村上可以卖掉很多。农家图个吉利，买双不买单，家家买三对或四对。特殊在哪里？承诺每只都是母鸭，公鸭不收钱。雏鸭是辨不出公母的，不要紧，允许赊账，暂不收钱。工人以小本

田埂上的梦
TIAN GENG SHANG DE MENG

子记账,秋后收账。一个鸭蛋一角五分,一对鸭子才卖八角,无论怎么说不贵。收账时很少有人赖账,你说鸭子是公的,抓过来看,鸭子死了自认倒霉,算作母鸭付钱。就凭口头约定,本家名都没签,农家和商家遵循着朴素的诚信。

现在,强强每天早晚多了一件事,逗鸭。母亲反复叮咛,不可用手捉,弄死了吃拳头!家里年年捉小鸡小鹅,鹅好养易活,下蛋没耐心。鸡最难养大,莫名其妙死了,母亲第一个怀疑对象总是强强:"好端端的,它怨命不想活了?"她的责怪带着强词夺理的臆测。农家只懂无休无止喂食,缺乏防病意识与措施,不懂得给药。一个鸡仔先发病,萎靡着打瞌睡,眼角起眼屎,隔夜躺在窝里了。几天后又一只鸡仔不对劲,接二连三发病,一窝鸡仔能安然长大的所剩无几。鸭子不易得病,母亲说因为它吃活食,吃活食的禽兽抵抗力强。

捉回雏鸭的第三天,该给他们开荤了,即使孵坊工人不吩咐,农家都知道。母亲抓来几只雨蛙,用剪刀绞碎,剪得很细很小,倒进食盆。鸭子天生懂得吃荤腥,围着食盆,吃得欢快。食盆有点小,两只雏鸭挤不进去,鸭嘴够不到食盆,焦急地叫唤着。母亲把食盆移开,挡

第八章 麻 鸭

住几个厉害的家伙，让弱者也吃上两口。

母亲对强强说："以后，鸭子的活食由你管。"

母亲的意思很明确，让强强天天去抓雨蛙。雨蛙，当地叫"狗屎田鸡"，可见意识中的不屑。它个体很小，白肚，灰色的背部长着细小的黑点，遍布农田。母亲传授经验，手里拿一块两尺长的木板，一板子砸下去就是一只。抓青蛙？强强很不情愿。老师经常教育他们保护青蛙，余老师没怎么说过，胡老师说过，曾老师说得最多。不久前窑厂旷地上放过电影《保护青蛙》，青蛙以青虫、蛾子、苍蝇、蚊子等为食，一只青蛙一天能吃掉五十只害虫，一年能吃掉上万只害虫，能保护多少庄稼？当然，电影里说的不是雨蛙，是乡下人经常偷猎解馋的黑斑蛙、金线蛙、虎纹蛙之类的大青蛙。狗屎田鸡那么多，那么不起眼，乡间对捕捉雨蛙的态度比较含糊，基本默认喂鸡喂鸭的普遍做法。

强强沿着田间小路赤足徐行，前几日刚从《半夜鸡叫》中学到"蹑手蹑脚"，自以为做到蹑手蹑脚了。这小东西对周边的世界太警觉了，刚才还此起彼伏叫唤着，等他一走近，声息全无，身后又是蛙声一片。雨蛙隐伏在草丛或者路边，总是先于他发现对方。强强刚想操起

田埂上的梦
TIAN GENG SHANG DE MENG

板子抡过去,它们从草丛里一跃而起,遁入稻田,有几只被他板子刮到,就差那么一点点。强强到过这条田埂割草,往日它们远无这么警觉,跳到他身上,跳进草篓,甚至躲避不及被镰刀误伤。今儿怎么啦?难道它们闻到了强强身上的极不友好的气息了吗?远处的雨蛙蹦跶着,纷纷逃遁,在强强面前划过或高或低的飞行轨迹。

强强收获的第一只雨蛙纯属意外,它大概在起跳时被草茎绊了一下,偏离了预定轨迹,落在强强面前,来不及两次起跳,惨死在强强的板子下。我也没办法,你不挨板子,回去我挨板子。强强纠结着,忽然间有了发现。一处稻田里水漏干了,留着筛子大一洼水,十多条泥鳅汇集于此把水搅成了泥浆。泥鳅也是鸭子所爱,十几条泥鳅够小鸭子吃两天了。

父亲也说,只要是活物,黄鳝泥鳅螺蛳小鱼小虾都可以。螺蛳最易得,水埠底下,河滩上,石驳岸缝隙,一抓一大把,草绳拴两只草鞋扔到河里,隔一夜收上来,满鞋的螺蛳,只是,鸭子还小没能力囫囵吞噬并消化,须砸碎外壳清理干净。强强最想抓黄鳝。把蚯蚓穿在钓钩上,猫着腰撅着屁股在田埂边寻找,一旦发现疑似黄鳝洞,把钓钩伸进去,只待咬钩迅速将它拉出洞。钓鳝

第八章 麻　鸭

　　累人，需要一定的技术，强强的眼力与技术严重缺乏，那就扬长避短，照黄鳝。

　　黄鳝昼伏夜出，夜里八九点才出洞觅食。稻田、池塘、沟渠、河岸遍布鳝洞，在水浅水清的稻田里最容易捕捉。父子俩穿着长筒胶鞋，足以防范毒蛇咬伤，打着一支手电筒，一前一后在田间小路上搜寻。手电筒是奢侈品，奢侈在电池价格昂贵，平时走夜道用桅灯。桅灯不能聚光，照黄鳝非手电筒莫属。父亲拿的手电筒是活动式的，新电池只需装两节，亮度足够了。电池旧了，接上一截，装三节电池，把3.8V电珠换成2.5V，还能用两个黄昏。

　　聚成一束的电筒光扫过田埂两侧，父子俩紧盯着光晕。稻秧还不繁茂，薄薄的一层稻田水清可见底。黄鳝直直地静静地躺在水底，守候猎物。这厮基本上是瞎子，对光不甚敏感，手伸到头顶都浑然不觉。而对震动极敏感，走路说话喘气都得谨慎。父亲用电筒光罩住黄鳝，弯腰伸出右手，迅速抓在手里，黄鳝滑腻的身子在父亲指间挣扎，父亲紧扣着中指，与食指无名指组成一把钳，把黄鳝牢牢钳住，鳝骨因挤压而簌簌作响。父亲空手抓黄鳝的绝技是日久练成的，很少有黄鳝从他手上逃脱。

田埂上的梦
TIAN GENG SHANG DE MENG

强强尝试过,中指力度不够,降服不了它们。

第一次收获颇丰,总共抓到大小黄鳝十八条,父亲估计不少于四斤,小的喂鸭,大的当菜肴。一顿红烧,一顿白汤。强强喜欢红烧,放一把蒜瓣,慢火焐到酥烂,连蒜瓣都美味。母亲说,小满里的黄鳝赛人参。说这样说,乡野之物只付出劳力没花费钱,农家不怎么当回事。

第二次夜捕,强强手里多了一个家伙,黄鳝夹子。前一次,有一条出洞黄鳝,后半截还在洞里,父亲抓得太急,被它缩回了洞里。还有一条在水渠底,深水中只有若有若无的影子,父亲一下没抓牢,滑脱了。逃走的黄鳝手臂粗!父亲遗憾道,有个夹子都逃不了。

强强撺掇父亲做夹子。三爿毛竹片,两片夹一片,中部用铁钉固定,下部锯成锯齿状,使起来很顺手,此后一条都没失手。强强很快学会了操作,张开夹子,轻轻插入水底,两手突然使力把黄鳝夹住。父亲说,用力太重,不要把黄鳝夹断了。果不其然,好几条被夹伤了。

这次出去,收获频率大不如前。田野里多处晃动着电筒光,好多地方被人捷足先登,田埂上缺口上留下新脚印。先后路遇阿良和他哥哥、卫星和他父亲。父亲带着强强转到村后的秆稞巷一带。这里七高八低,不是高

第八章 麻 鸭

土就是低洼地，还有坟地，阴气太重。如果没有父亲，强强打死都不敢摸黑来这里。也正是如此，钓鳝的和照鳝的不大敢涉足。对于黄鳝来说，不啻世外桃源，三年五载无人打搅，安居乐业。这里的黄鳝胆子贼大，不大惧人，有一回强强夹子碰到了它，它居然没事一般笃悠悠游到草墩边，不走了。

这个季节，所有半斤以上的大黄鳝都是在这一带收获的。

自家捉的鳝不值钱，母亲说："不知曾老师吃不吃黄鳝，给她送两条。"

曾老师高兴得两眼放光："这么大的长鱼，这辈子从没吃过，是你亲自去逮的？"强强不好回答，哪来长鱼短鱼。曾老师解释，鳝鱼，又叫长鱼、罗鱼、田鳗……不过跟鳗是两回事。她说得头头是道，但对黄鳝表现出恐惧，更别说捉或者宰杀了，最后还是强强拿回家让父亲宰杀，收拾干净后再给她的。

几乎忘了照鳝的初衷，如果纯粹为了一家人口腹之惠，没有这么勤快。强强确实没有亏待这八只麻鸭，麻鸭同样以健康成长回报他。现在它们半放养在屋后西上浜，巴掌大的水面连着岸上巴掌大的河坡，生活得自在

田埂上的梦
TIAN GENG SHANG DE MENG

逍遥。母亲说，凭她眼光，队里哪一家的鸭子都没我家的长得快。

母亲越夸赞，强强越得劲，小鱼小虾不断弄回家。捉泥鳅最简单，它们总是聚集在即将干涸的水泡子里，一窝几十条。鸭子们都认识强强，只待强强在河边出现，便嘎嘎嘎欢叫着游过来。它们褪尽绒毛，长出漂亮的硬毛。麻鸭，又叫绍鸭，一身灰白色毛带着褐色麻点，状如麻雀。母亲揣度，其中有两只不像母鸭，问强强是否留意。强强也发现它们毛色发黑，叫声嘶哑，与其他几只明显不同。白养一场，公鸭有什么稀罕？母亲有些失落。养绍鸭指望它下蛋，如果奔着吃肉，莫不如养肥硕的京鸭，这次孵坊工人严重看走眼了。强强偷着乐，公鸭不要钱，等秋后收账的来过，马上宰了吃，肉多肉少好歹尝个鲜，比吃腌菜萝卜干强百倍。你们就变公鸭吧，不要夭折，不要被黄鼠狼拖走，强强祈祷着。

两个月后，鸭子转到村河。每天早晨打开鸭舍门，鸭子们摇摆着身子，直往河边。鸭子有灵性，闻得到小河的气息，同伴的声息。全村鸭子汇集在小河，先来的浮在水面呼朋唤友，后到的一路应声，最后几步没耐心摇摆了，扑飞着冲到河里。这家那家的鸭子，在鸭子们

第八章　麻鸭

眼里是一家。它们本来就是一家，估计有好多亲兄弟亲姐妹，至少也是沾亲带故的。不然，它们凭什么耐心等齐了才结伴游往外河呢。

鸭子长得差不多，细看有些差异。母亲在每只鸭子的翼翅穿上布条，作为印记。强强觉得多余，鸭子认家，也认伴，日落后自觉回家。母亲认为谨慎为好，毕竟是畜生，又不会说人话，有时昏了头跟错伴，给别的鸭群拐走。

母亲摸黑下工，问强强的第一句话是："鸭子回来了吗？"

得到强强肯定回答，母亲依然不放心，拉开鸭舍门亮着手电筒一一清点。

有些时日，鸭子是不回家的。或者出游太远野了心，或者被邻村的鸭子所引诱。强强看来，最常见的原因是它们准备上岸时受到了干扰，比如说水埠上长时间不断人，鸭子的教条就是：哪里下去哪里上来，不懂得绕道。或者，被人驱赶受到惊吓，错过上岸时间，干脆躲在河里过夜了。这怎么行呢？眼看着马上下蛋了，如果把蛋下到河里，这习惯一旦养成，白养它们一场了。

鸭子不回家，家人甭想吃晚饭，吃也不踏实。母亲

田埂上的梦
TIAN GENG SHANG DE MENG

拿着手电筒,勒令强强一起到河边找鸭子。暮色中的河面有些光影,鸭子安静地蜷缩在浜底,电筒光照过去,鸭群开始骚动。"是我家的吗?看清了!"母亲提着声调呼鸭:"溜——溜溜溜溜,溜——溜溜溜溜",强强学着母亲"溜溜溜溜"叫唤,跟过来的妹妹英英也用脆嫩的嗓音呼:"溜溜溜溜,溜溜溜溜……"

鸭子在河面上打转。

母亲急了,往河里扔土块,强强也往鸭子身边扔瓦片。母亲叫道:"不要打鸭子身上!"鸭子开始游动,不料,它们游到水埠边没有上岸,眼看着游过小桥,母亲疾呼:"截住,不要放它们过桥!"桥上的妹妹挥动双手驱赶,鸭子在河面上扑飞。强强在河对岸跑动,妹妹站在桥上,母亲在不远处围拢过来,一家三口合力把鸭群逼上岸,第一只鸭子跨上水埠,第二只,第三只……相继跟上岸。

父亲瞎琢磨,鸭子不肯回家另有原因。它们学会自己觅食了,却不一定能吃饱,每次回家后应该再喂食谷子鱼虾,让它们有家的感觉,它们就知道回家了。

第九章　美食的诱惑

稻熟前一个月，米稟告罄。米稟，又叫草稟，是储存大米的圆柱形容器，用干净稻草编织而成。米稟可大可小，大的能存放四五百斤。

强强从懂事起，家里年年青黄不接。母亲胃口大，饭量不输男人。父亲半开玩笑，米稟被母亲吃空了。母亲反驳，你们谁少吃了？强强也承认自己能吃，少一口，哪个肠胃角落就不熨帖。

有时候母亲已经挖好米，犹豫着从淘米筲箕掏出一把放回米稟，"一顿省一口，一年省一斗！"母亲以此教育家人。这么多年，不但没省出余粮，相反，寅吃卯粮

田埂上的梦
TIAN GENG SHANG DE MENG

更严重。强强略有所知,养猪是最直接的原因,队里贴补的粮食远抵不上猪们的消耗,可不养猪哪来钱?三年前家里遭贼,两百斤米被偷,本就拮据的口粮更是雪上加霜。父母一提这件事,便互相责备。

母亲领着强强到外婆家"借"米。救急不救穷,外公对有借无还的女儿从不给好脸色。恰好外公不在家,谢天谢地!外婆好说话,默默把两人领到房里,房里排开三个大米窠,其中两个满满的。

外婆家的陈米有一股气味,煮的饭不好吃,可总比饿肚子强。

父母每天开早工出门前叫醒强强,煮南瓜。

切成小块的南瓜在铁锅中干烧,嗞嗞的声响,隐隐的香气透过锅盖缝溢出。强强用铲子翻炒,加少许盐去味,再炒,加水,猛火烧。灶窝架了油菜桩,呼呼发火。锅里烧开了,翻炒,过一会再翻炒,防止粘底。煮南瓜是慢活,考验灶底火候和人的耐心。油菜桩子的余烬稳定而持久,隔一会添一把火。这瓜产自自留地,老而脆,属于南瓜中的上品,强强隔日黄昏刨瓜皮时就知道它是一个难得的好南瓜。指甲掐不动,刨刀一刨,瓜皮碎裂,溅得很远。老而脆的南瓜易煮烂,口感好。南瓜里加几

第九章 美食的诱惑

把糯米,最好是面疙瘩,好吃又抗饥。母亲关照,不准掺主粮,否则反而浪费。

放糖精得非常小心,这东西甜得不可思议,多一粒便发苦。强强听说谷家用红糖煮南瓜,那是何等的享受!

强强把煮好的南瓜盛了四碗,余下暂放盆里,让其自然冷却。父母干完一晌早工,该回来吃早饭了。烫了影响进食速度,影响出工,免不了挨骂,甚至怀疑强强没有及时起身。煮过南瓜的锅放两勺水,顺手洗刷,刷锅水正好泡猪食。

中午吃胡萝卜饭。胡萝卜切丝,开水焯过,盖在米饭上一起煮。强强暂未掌握切胡萝卜丝的技术,实际上不想掌握,连续多日的胡萝卜饭,吃倒了胃口。

胡萝卜饭还不算最难吃,更难下咽的大头菜饭、南瓜饭、葫芦饭。强强多少天没吃过纯粹的白米饭了。不吃,饿;吃,还是饿。

能改善生活的食物,长在地里。

母亲自留地里的种植,只考虑果腹,从不考虑口感。强强家大概有三分自留地,边边角角,不成片。一分三厘水田,雷打不动种植小麦、糯稻,与邻家接壤的半条

田埂上的梦
TIAN GENG SHANG DE MENG

田埂最大限度开发利用，毛豆蚕豆轮着种，偶尔种一架豇豆，常因侵犯了邻家空间，两家就龃龉不断。剩下的旱田，除了大众化的蔬菜，人家种芦穄，她种高粱玉米，人家种香瓜，她种生瓜。生瓜个大，属于能吃饱的蔬菜，且作水果，口感比香瓜黄瓜差远了。

母亲全然不顾对自然规律的遵守与一个农民应该具备的经验，常常因密植过度导致歉收。瓜藤繁茂，不结瓜；玉米秆密密匝匝，棒子很小；蓬蓬勃勃的水稻总是倒伏收获秕谷……她的收获与付出极不对等，却屡教不改。曾老师屋角几棵野生的丝瓜，基本处于自生自灭的状态，却繁茂得自在。强强以为是曾老师栽的，曾老师说，她没种也不会种。强强以草绳、竹竿把瓜藤牵引到自家茅房顶，关照曾老师随便采摘。

屋后，路对面倾斜的河坡被母亲刨出一带地，窄而长，最窄处不过两脚宽。坡土贫瘠，存不住水，母亲在这里种过毛豆、豇豆，几无收获。母亲受不了强强一次次要求，改植芦穄。母亲把羊窝灰耙进土里，一边种一边骂："馋鬼，看你有本事吃到芦穄！"

母亲果真只种不管，事实上也来不及管。好在芦穄种在河边，强强只需要站在河坡，从小河里舀水浇灌。

第九章　美食的诱惑

地依然太瘦，芦稷苗瘦不拉几，叶片有些发黄。母亲提醒，应该浇清水粪。浇粪是一种追肥方式，比施化肥见效快。强强并非怕脏怕臭，而是怕影响芦稷甜度，听人说根部发咸的芦稷是浇粪造成的。母亲说："他们就是瞎说八道，甜不甜与土质有关。"

浇过粪的芦稷苗果然茁壮着往上蹿。芦稷与高粱很接近，小时候难于辨认。母亲弄错了种子，或者以桃代李也未必，强强心里不踏实。长到半人高了，叶片比较狭窄，主叶脉绿中带一点黄，是芦稷，而且是最甜的黄糖芦稷！再看根部，气根比较细，不似高粱粗壮。

芦稷长到一人多高，开始抽穗。绿色穗头从顶部开始发红，直至紫黑。只要有一颗种子没变黑，说明还没熟透，甜度就会打折。强强的身高远远够不到芦稷穗头，总是偷偷把它扯到眼前观察。天热地旱，需要天天泼浇。芦稷近在眼前，伸手可得，母亲却不允许吃，对强强和妹妹都是折磨。

忽一日，芦稷被人偷食了五根！

强强和妹妹难过得直哭，哭过，埋怨母亲："都怪你，再留几天再留几天，辛辛苦苦种别人吃。"

强强带着妹妹寻找蛛丝马迹，芦稷的皮，嚼过的渣，

田埂上的梦
TIAN GENG SHANG DE MENG

叶片，穗头，所有怀疑对象的屋前屋后、小屋、羊棚都察访过，一无所获。

母亲骂了半个村巷："夠脸皮的东西，嘴里馋得出蛆，偷吃算什么本事，吃了烂肚肠！"有人劝道："几根芦稷算什么，犯不着这样毒嘴毒舌，猢狲食么。"

芦稷是猢狲食，瓜啊果啊都是猢狲食，不要说孩子，成人偷摘偷食几根都不算事，而偷鸡摸狗、偷青菜萝卜玉米南瓜为人不齿。

在很长一段时间，香瓜被强强视为土生土长的极致美味。青皮瓜个大肉厚，"馒头瓜"白嫩，甜瓜呈金黄色，特别香，连瓜瓢都好吃。一般农户舍不得牺牲菜地栽种，更不会种到远离村巷的野地，那等于种给别人吃。屋边开发闲置地，便于看管，即使无人看管，屋子对觊觎香瓜的孩子构成近距离威慑。强强、阿良、卫星等小伙伴，哪个没动过歪脑子。他们借着割草机会，游弋在村巷各个角落，知道谁家种什么，哪窝香瓜属于谁家的。

阿良带强强去桑家桥侦查，有一户种了很多香瓜，据说还挑到窑厂卖给大驳船上的上海人。这块香瓜地不下三分面积，西邻水稻田，东边是落差很大的低洼地，南边一片竹园。主人太狡猾了，外围种葫芦和南瓜，香

第九章　美食的诱惑

瓜离出路太远，不好下手。

两人叫上卫星，转到望虞河边。自家队里堆土种着绿豆、赤豆，有的队种红薯，只有朱家角年年种香瓜。这块土开阔而平缓，靠近丁家坝河浜，可谓得天独厚。看瓜佬是凶狠的老头，孩子们都怕他。虽然不在一个队，不怀好意经常来此转悠的孩子，他都认识，甚至能一一说出是谁家孩子。

东边村巷，西边断崖，能接近瓜地的只有南北两个方向。看瓜棚搭在北边，竹榻上挂着蚊帐，搞不清他在睡觉还是养神，唱空城计也未必。

三个孩子分两路过去，强强跟阿良从南边接近瓜地，佯装割草，故意弄出很大的动静。干瘦的看瓜佬赤裸着上身，叉着两条麻秆腿走过来，满腹狐疑盯着两人的一举一动。

"想偷瓜？"

"偷了吗？"强强翻开半篓草。

"割草关你屁事！"阿良更凶。

老头语塞，给两人画出警戒线，不许靠近瓜地。阿良和强强一东一西有意拉开距离，老头有些顾不上。那边卫星，从瓜棚后摸过来，眼疾手快摘了好几个瓜。"小

田埂上的梦
TIAN GENG SHANG DE MENG

赤佬！"老头觉察不对，快步追过去，卫星挎着草篓一溜烟跑开。

三人在隐秘处汇合，清点收获，大大小小八个香瓜，居然还有一个三四斤的西瓜。西瓜乃奢侈品，长这么大没吃过几回。用镰刀划开，瓜子还是白色的，离成熟很远，胡乱啃几口，毫无甜味，弃之水沟。三个香瓜半生不熟，有一点香味。剩下几个，瓜皮一层绒毛，瓜瓤好苦。阿良责怪卫星不看清，摘的都是生瓜。卫星有些不服，那会儿太紧张，哪有时间看仔细。

第一次出击谈不上成功，也非彻底失败，至少为下次积累了经验。阿良说，过两天把多多叫上，让他动手，他爸是大队书记。

三人的如意算盘没来得及打，朱家角队长找上门，看瓜佬带着他们仨丢弃的残瓜。看瓜佬说："就是这三个小赤佬，扒了皮都认识。"那边队长说："偷几个瓜算了，问题是糟蹋了瓜地，你们家长到瓜地看看。"

三人的母亲均表态要惩罚孩子。

"馋死了，看你还敢不敢偷！"母亲拿一根青竹梢狠狠抽打强强，强强的腿上、手上留下道道青紫。母亲最狠的一招是：不准吃晚饭，勒令强强把丢弃的西瓜香瓜

第九章　美食的诱惑

吃掉。

那是世界上最难吃的东西,"比吃屎还难受!"强强告诉同伴。

这一次,强强终生难忘。

第十章　难熬暑假

　　暑假头一天，父亲给强强下达任务，晒六十个草干。
　　父母一贯以勤劳与日子的对应关系教育强强，并身体力行。全家人一天到晚累死累活，年景好的时候，能得到一两百元分红。平时全仗喂两头，最多也就三头猪，稍微留点活络钱。一年到头节省得不能再省，家里也没多少积蓄。
　　屋子破得不成屋，寒风从墙缝灌进来，阵雨天地上摆满盛水的脸盆水桶，早几年开始，父母即计划攒钱造房子。强强问父母："什么时候造新房子？"母亲说："等攒够钱。"正是这个梦一样的计划，让全家看到奔头，激

第十章　难熬暑假

发着勤俭的动力。父亲跟强强算过一笔小账，十个草干差不多一担，队里养猪场收购四元，六十个草干二十四元，二十四元能买两千二百块青砖，或二十根椽子。父亲仅止于假设，草干舍不得卖，猪羊一冬饲料要靠它。

父亲把草干与建材直接联系，犹如给蒙眼拉磨的驴子嘴边挂一把青草。这季节草茂草盛，本来一天割两百斤青草不在话下。谁料到，每个队都在割草积肥，田埂上光溜溜的，有的队开着木船到尚湖边割草。强强割的草基本只能满足牲口对青饲料的需求。

反正割不到草，强强与小伙伴们一天到晚泡在小河里。泡得嘴唇青紫，爬上岸头的水埠上，太阳底下坐一会身体就热了，接着再下水。

泡在河里的男孩，总得找点事干干。

摸螺蛳最简单，水埠、浅滩，随处能摸到。每人拿只木脚盆，浮在身边，不消多时，就有半脚盆螺蛳了。螺蛳很脏，一次次换水养清，用老虎钳剪去尾巴，至少再养一天。

塘鳢鱼个体不大，浑身都是肉，行动迟缓，最喜欢栖居在龚家石驳岸中。这段驳岸百米以上，一层层块石从河底叠到院墙，块石下密密的不朽的木桩。水面下的

田埂上的梦
TIAN GENG SHANG DE MENG

驳岸，遍布缝隙洞孔。鲫鱼黑鱼鳝鱼鳗鱼之类贼溜，徒手逮不到。两手拢过去，肉嘟嘟毛糙糙的，往你热乎乎的手里靠，塘鳢鱼傻，所以群体得不到繁衍。孩子捉塘鳢鱼纯属游戏，你三条我两条合并到一家，马马虎虎煮一碗小鱼。河虾静静地躲在茭白墩，一有动静，飞速倒退，往往逃得不远，伸手可得。

最消暑的地方莫过于小河。田埂上的草自顾疯长，再也不能推脱割不到草了，每个小伙伴都或多或少的有草干指标。

这个季节割草，哪个时段都受罪，早晨露水，中午酷热，傍晚蚊虫……一篓篓草在场上铺开，曝晒，用竹竿挑松再晒，至少三个以上大太阳才能捆扎储存，否则霉变。大半场草，收缩成一小块，轻而松软。父亲每日验收，干度达到要求，捆扎，码在小屋，一个个叠上去，码到屋顶。十,二十,三十……到三十个时，双抢如期而至。

双抢，即抢收抢种，队里近一百五十亩前季稻，要在大暑到立秋的十五日内收割完成，同时完成后季稻移栽。

强强割草任务暂停，又变成了小劳力。

第十章 难熬暑假

躺倒的稻子等不及晒干,挑到仓库场。这片地,等着灌溉,等着稻草还田,等着拖拉机翻耕,等着插秧……

打谷场堆满等待脱粒的稻子,潮湿导致发热,如不及时脱粒,将很快发芽。"每家一个,开夜工轧稻(脱粒)!"收工时,队长在田头高呼。

一般家庭男劳力出席,出于对女性的爱护,女劳力还得起早拔秧。强强父亲基本上承包了夜工。

一日,电灌站实行分段给水,作为管水员的父亲整夜守着闸门,以防别的队偷水。强强义不容辞出夜工。

几盏大功率灯泡从不同方向对准打谷场,打谷场如同白昼。两台脱粒机隆隆转动着,一脸倦容的农民三三两两从暗处走过来。阿良也在,他与哥哥元良轮番出夜工,他父亲是窑厂烧窑师傅,不回队支农。大队书记也来了,他大儿二儿都在城里上班,小儿多多从来不出夜工,强强很羡慕多多。

十人上机脱粒,这是危险活,强强阿良不被允许。强强自报捆柴,结果和阿良被安排搬运稻把。阿良不愿意跟强强合作,每人负责一台脱粒机。活儿很机械,从稻堆上抱起稻把,抱到脱粒机后,放下。开始,稻堆离得近,几步路就到了,叠到半人高,可以稍事休息。

087

田埂上的梦
TIAN GENG SHANG DE MENG

大暑的夜燠热无比,砖场蒸发的热气,稻谷堆散发的湿热让人头昏。阿良与强强坐在稻堆边,没事看飞虫围着电灯翻飞,撞落地上,绿色的稻飞虱成群结队,稻叶蛾体态笨重,蝼蛄形似蟋蟀,抖动着触须往手指缝钻,有力的前足试图撑开指缝。"那边没稻把了!"阿良一声惊叫。

两人飞也似的跑过去,铆足劲儿搬,又架到半人高。有些人找事,嫌强强堆得太高,说高了不顺手,挡了野风。哪来野风!强强才不管他呢。

接近午夜,两人搬运距离越来越远,休息时间越来越少。两人眼皮开始打架,打个瞌睡居然睡着了。有人过来把他们摇醒,说干活得像个样子,把眼皮撑住,如果上机脱粒打瞌睡,还不把手臂卷进去。

不开夜工,就开早工,强强总是在睡梦中被母亲叫醒。母亲隔日把捆扎秧苗的稻草刷净,用木槌槌软和,放在门口。强强扛着铁锹,提着桅灯,母亲搬着两张拔秧凳,腋下夹了几扎稻草。两人穿着破胶鞋,一前一后踩在田埂上,母亲的身影在灯影中晃动,几声狗吠打破了夏夜的宁静。

母亲为强强抹上避蚊油,脸面脖子手臂头发胡乱抹

第十章 难熬暑假

一通。强强插好铁锹,把桅灯拴在铁锹柄上,开工。

女劳力每天的拔秧任务是三块秧板,能移栽半亩多地。一块秧板拔多久?队里最厉害的女青年近一个半小时,强强母亲得两个小时。母亲天生手脚慢,活儿细致导致更慢。每人半爿秧板,同时推进。"抽行留苗",即拔秧时留一部分秧苗,省却翻耕之劳,却影响拔秧速度,留多留少全凭经验。

强强双手翻飞,每个手指用力恰到好处,太轻拔不起,太重断秧。板沟边的秧苗根系发达,更考验耐心。两个半把合并,在沟里淘尽根部带起的泥,用稻草扎紧,排到身后。

强强家没有闹钟,母亲凭感觉把握时间。有时睡过头,等到达田头,最早的完成过半。母亲不输脾气,抢在别人前头才舒坦。有一次到田头,遇见一照黄鳝的老头,老头有一块钟山牌手表,说:"这么早?不到十二点,我还没睡呢。"

返家再睡不可能了。老头的出现,给强强壮了些胆。这块低洼的秧地紧靠南上浜,强强和母亲先见到盘踞在田埂上乘凉的蝮蛇,来不及反应,给它溜走了,不知它藏身何处。河边幽深的秆稞巷窸窸窣窣,对岸黑魆魆坟

田埂上的梦
TIAN GENG SHANG DE MENG

地里猫头鹰鸣叫,河里不时有一些奇怪的声音,让人瘆得慌。这次忘带避蚊油,强强头皮奇痒,钻进衣服的小虫子咬得又痒又疼。强强无处发泄,咬牙切齿跟母亲吵起来。

"你帮我干活,我帮谁干活啊?"

母亲这句话,足够让强强记住一辈子。

这段时间,妹妹特别乖,总是提前烧好并凉好米粥等候家人,打井水冲刷院场,赶走暑气。妹妹力气不够大,只够提半桶水。

强强回家第一件事,是跟妹妹一起把长条桌抬到屋场。条桌很有些年头了,比两张小方台拼着略长一些,是早年通过抓阄从龚家分得的浮财。条桌能作餐桌,能作卧榻,为乡间举家乘凉所必备。母亲多次从条桌引申到龚家,"太有钱不是好事!""穷得光荣!"母亲说话往往矛盾,有时埋怨父亲家底差,有时埋怨队里分红水平低,同样一个工分,这里才五角出头,外婆队里能分一元多钱。

吃完晚饭,河里洗个冷水澡,仰面八叉躺在条桌上,真舒坦!妹妹不跟强强抢。嚼几节芦稷,难得开一个井水浸过的西瓜,简直是人生莫大的享受。

第十章 难熬暑假

有时，隔壁曾老师过来坐一会，摇着蒲扇，啪啪啪打蚊子。父亲在场角架起一堆驱蚊烟，半湿的麦壳释放阵阵烟雾，夹带着艾草的药香。曾老师随口问，强强马上小学毕业了，有啥子打算？强强母亲说，学手业，早点挣钱。曾老师说，读书也是一条出路，这个队十几个孩子，数强强最有潜力。母亲叹口气，就算读完中学，推荐上大学轮不到我家。曾老师说，多读点书没错，有用得着的时候。

"阿哥，你真那么聪明？"英英问。

"我不知道，反正没考过不及格。"

学校里很少考试，谁成绩好谁成绩差，老师从来不加褒贬。强强不大关心同学的成绩，父母更不关心。

身上有些凉爽，母亲催促强强睡觉。又停电了，黑咕隆咚的屋里热烘烘的，钻进蚊帐更热。强强躺在竹席上，轻轻摇动蒲扇。大概有两只蚊子钻进了蚊帐，嗡嗡嗡绕飞在耳边。强强起身点上煤油灯。梅花灯亮，上面顶着玻璃罩，罩口对准贴在帐布上的蚊子，蚊子"噗"的一声跌入灯罩。这盏唯一的美孚灯被妹妹端进里屋，强强手里只有一盏用药瓶子自制的简易煤油灯。触蚊子，就是用灯火触碰蚊子，蚊子受热或被烧着翅膀跌落。这

田埂上的梦
TIAN GENG SHANG DE MENG

需要很高超的技术,距离太远,或时间太短,蚊子逃了。时间过长,有可能点燃帐布。强强端着油灯触完两只蚊子,弄得汗流浃背,竹席粘住背部,一个翻身,欸欸地响。

第十一章　男孩的弹弓

男孩都梦寐以求拥有一把弹弓。皮带扣插一把弹弓，等于侦查员插一把驳壳枪，威风凛凛。裤兜里装几颗"子弹"，可以随时对付恶狗的袭击，也对企图欺负你的陌生男孩构成威慑。

之前强强有过一把弹弓，骨架是他亲自弯折的，铁丝不够粗，不够硬，使不上力。后来又有过一把，用一副残缺的扑克牌跟多多换的。那时，多多拥有了一把新的弹弓，是他二哥在台虎钳上制造的。多多淘汰掉的让给强强的弹弓，比强强自己做的顺手得多，可惜在开夜工时丢失了，估计不是被人捡走，就是掉在柴堆里，强

田埂上的梦
TIAN GENG SHANG DE MENG

强为此伤心过好一阵子。

强强在窑厂工地寻到一截钢丝，乌黑发亮，韧性好，正好可以用来做一把弹弓。他用学生尺量好，铅笔画好标记，靠家里那把旧老虎钳制作起来。弹弓呈丫字形，分叉扳折两边对称的拐角，便于手握。最后一道工序，两边穿皮筋的耳朵，凭强强的力气，凭这把老虎钳，根本弯不过来。强强想了好多办法，后来插入石缝弯折，用榔头慢慢敲打，终于弯成，但两个耳朵大小不怎么对称，多少有些遗憾。

家里有一块废旧输送带，剪成长方形，用作包裹子弹的皮兜，很结实。

就差橡皮筋！至少得二十根橡皮筋，每边十根，回旋接成四股，不，至少三十根，每边十五根，六股！强强手里只有五角钱，是过年时小阿姨给的压岁钱。经常路过的换糖姥姥有货，可她太黑心，一根卖一点五分钱，不合算。大队小商店里也有，红红绿绿的橡皮筋漂亮却不结实。

去蒋巷供销社买。

太姥姥就是外婆的母亲，母亲的外婆，强强叫她太姥姥。太姥姥瘪嘴瘪脸，吸旱烟，竹制旱烟管两尺长，

第十一章　男孩的弹弓

巧妙利用膨大的竹根制成烟斗，微微翘起。母亲告诉强强，过几天上蒋巷太姥姥家去，太姥姥新年出嫁的孙女回娘家"受夏雨"，就是她婆家以传统礼节回馈新媳妇娘家。

从强强家到蒋巷，脚程不过半小时。

太姥姥家没啥好玩，街上才好玩，只要不耽误吃饭。

蒋巷是一个小镇，或者说小集市，市河两岸依稀繁华过，昔日繁华与孩子关系不大，最吸引孩子的是石拱桥堍的零食店。

零食店是木质阁楼，很有年代感，背靠市河，至少有一半建筑在河里，沿街门面外建有廊房，遮阳挡雨，路人爱在此歇脚。

店主是一对颇有夫妻相的老夫妻，均在六十开外，是强强平生所见最胖的胖子，就像连环画上漫画化的地主与地主婆。老头一天到晚基本上坐在藤椅中，硕大油亮的光头，挺着个胖肚子，慢条斯理摇着芭蕉扇。老太悠然张罗生意。卸去上半截活动门板，闼门内放着各色小吃，橄榄、桃片、姜片、棉籽饼、山楂片、萝卜干……跟强强差不多年龄的五六个小亲戚留恋于此，咽着口水，讨论哪个好吃，哪个合算。

田埂上的梦
TIAN GENG SHANG DE MENG

强强插在裤兜的手里攥着五角钱,在这群小亲眷中绝对富有。他也馋,可舍不得花钱买小吃。供销社有皮筋,另一家商店也有,每根一分钱,装在柜台内纸盒中,皮筋上沾着白乎乎的滑石粉。

强强选择在商店买,店员同意送两根皮筋。

每边六股皮筋的弹弓太硬,拉不开,还是改为四股,很顺手。该实地试试新弹弓的威力,小亲眷们建议去这里的学校。

蒋巷学校是一所戴帽中学,有三排教室,一片大操场。一到五年级每班一个教室,初一初二都是两个班,还有围墙,这才像一所学校!多多二哥在这里上过初中,谷家老五,那个小老头在这里上初二,将来跟他同路上学多没劲,哦,到时小老头该毕业了。

学校里有两棵高大的银杏树,光说"高大"不足以形容。三个小亲戚手拉着手,都拢不过来。这块地以前是一座庙,拆庙建校后,银杏树围在学校里,一直是蒋巷的地理坐标。谁也不知道它们的年龄,太姥姥说她小时候就这么大。抬头看,真高,高得让人恐慌,强强目测比窑厂的烟囱还高。

树冠盘旋着黑色的大鸟,老鸹把大大的窝巢建在高

第十一章 男孩的弹弓

处树杈中,它们从孩子手里的弹弓看到了敌意,从窝里飞进飞出,叫声嘶哑而焦躁。强强拉开新弹弓,第一颗子弹瞄准最低的老鸹窝,哗——子弹在半空回落,差一大截。是子弹不行!小亲眷们帮着捡拾,递过来一枚圆滚滚的鹅卵石。鹅卵石也没用,老鸹的担心纯属多余。啪嗒,一颗银杏果落在地上,银杏是这样的么?一脚踩烂果肉,带着棱线的椭圆形果仁在里边。

打不着鸟窝,几个人转移目标,鼓励强强打银杏果,带回去炒了吃。结果一颗都没打到。

一段时间内,强强苦练打弹弓技术。直立的小树、竹子、蓖麻,再细的狗尾巴草,基本做到弹无虚发。练到这水平,就是基本能把控左右,但把控上下的偏差就难得多,树瘤、竹节、螳螂、毛毛虫都是他练习的靶子。子弹有去无回,获取合适的子弹成了最大难题。瓦砾、石子、碎陶片形状不规则,大大影响射击精度。楝树果大小合适,圆滚滚,硬度稍差一些。强强在自家墙上用红砖画了九个同心圆,连同圆心,对应靶子上一环到十环。不几日,墙上留下点点绿痕。

玩弹弓玩出名堂,就能收获美味,强强最多一天打到过十一只麻雀。麻雀与苍蝇、蚊子、老鼠同列"四

田埂上的梦
TIAN GENG SHANG DE MENG

害",秋冬时节,猎人扛着鸟铳,带着猎狗出没乡野,威风凛凛。一枪打出几百颗铁珠,算什么本事?说也奇怪,强强不带弹弓时,麻雀不怕他,兀自在电线上、树枝上喳喳,漠视他的接近。一旦他带着弹弓,即使藏在裤兜里,麻雀也警惕地鸣叫着,躲得远远的。

麻雀每只三分钱,白头翁每只一角,强强见猎人卖过谷家。强强的小本子上记录打猎收获,买牛皮筋花的三角钱早够本了。父亲吃得最多,麻雀是最好的下酒菜,英英也没少享用,母亲嫌麻烦嫌腥味,不想吃。强强吃得不多,看家人吃比自己吃享受。

如此丰硕的收获足够成为吹牛资本,强强挺腰凸肚,漠视同样拥有或没有弹弓的小伙伴。卫星、振明等几个一天到晚紧跟左右,帮着捡子弹,摘楝树果,有时候杏花、小芹也跟着。强强大有替代阿良"另立为王"之势,这让阿良很失落。阿良也有一把弹弓,也打到过麻雀,比起强强来就成绩惨淡。

阿良在桥头把几个人截住,说:"扁头牛皮哄哄,我不信!"强强对阿良当众唤自己绰号非常感冒,说:"不信拉倒!"阿良挑衅,要跟强强比试打弹弓。

第一轮比射得远。两人站在桥上拉弓击发,子弹落

第十一章　男孩的弹弓

在远处水面上,肉眼看去差不多远。第二轮比精准。以小河里漂浮的水葫芦花为目标,一朵朵淡紫色的喇叭花被两人轮番打烂,难判胜负。

一群鸭子嘎嘎游过来,阿良提议打领头鸭子,强强有些迟疑。阿良说:"鸭子一身羽毛,打身上不会死。"啪的一声,阿良的子弹落在鸭子身边水面上,鸭子受惊而逃。这么大的鸭子打不中,水平太臭了!一颗楝树果飞过去,意想不到的事发生了,一只鸭子头插在水中打转,转了五六圈不动了,脑袋耷拉在水里。强强吓蒙了,几个小伙伴都吓蒙了。阿良说:"估计暂时昏迷,过一会儿会醒过来,上次也被我砸昏过,砖块比楝树果大多了。"又说:"放心,我不会检举你。"

这只鸭子终于没醒过来。黄昏时分,瘌痢头阿三提着死鸭子,气冲冲往强强家门口一扔,说经过调查,是被强强用弹弓打到头上打死的,阿良、振明都可以作证。铁证如山,容不得强强抵赖。母亲铁青着脸,把死鸭子往强强头上砸。怒斥道:"好事不干,打死你!"阿三连忙劝阻:"不是让你当我面打孩子。我一共捉四只鸭子,好不容易养活两只,现在只剩下独卵种。"强强母亲说:"赔你!"

田埂上的梦
TIAN GENG SHANG DE MENG

　　母亲从强强身上抄走弹弓，扔到灶火中，橡皮筋、皮兜瞬间化为灰烬，只留下一把黑不溜秋的弹弓架子。

　　鸭群中最大的一只下蛋鸭子被阿三逮走，它伸长脖子极不情愿地惨叫着，引得鸭埘中的同伴狂躁不安。改姓的鸭子不安分，天天跟着以前的同伴回强强家，后来竟把阿三的独卵种引了回来。阿三天天来找，天天骂鸭子，索性提前把它们宰了。

　　那只死在强强弹弓下的鸭子已经长到两斤多，当然舍不得丢弃，被强强母亲变成盘中餐。强强没啃一块骨头，没喝一口汤，据英英说，鸭肚子里已经有一窝闷蛋。

　　过后反省，强强觉得自己是上了阿良的当，这家伙坏透了。

第十二章　路边有棵地丁草

有一天，学校里来了几位不速之客，据说来自公社卫生防疫站，下乡宣传"乙脑"防治。强强只认识大队赤脚医生丁郎中，他给强强治过蛔虫。

丁郎中把人领到教室，给每个孩子测量体温。五个年级三个班的学生集中到操场，听其中一位女青年讲话。乙脑，即乙型脑膜炎，当前，气温在二十五至三十摄氏度，是乙脑流行季节，它以蚊子为主要传播途径。孩子抵抗力差，感染概率高。感染病菌后，有的发高烧，有的基本无症状。乙脑危害极大，重则夺人性命，轻则留下后遗症……

田埂上的梦
TIAN GENG SHANG DE MENG

强强似懂非懂地听着,脊背阵阵发凉。乙脑这么厉害?蚊子这么厉害?同学们面面相觑。卫星说,宁可得发高烧的乙脑,及时发现治疗。阿良说,要得你们得,我不想得。

卫生防疫站的工作人员继续说,乙脑重在预防,最有效的措施是灭蚊防蚊。阿良嘀咕,乡下那么大,蚊子那么多,灭得了吗?

工作人员告知有两种药草能预防乙脑:牛筋草和地丁草。

曾老师发动学生采药草。

牛筋草遍地都是,仓库场边一丛丛,砖缝里不长别的草,只长牛筋草。顾名思义,它像牛筋一样老,猪不食羊不爱,居然能预防乙脑!很快,教室里堆满了牛筋草。曾老师带学生到水埠清洗干净,用多多家浴锅煎汤汁。药汁盛在教室外一口大水缸内,略呈黄色,有青草的香味,口感不怎么好也不怎么难吃。曾老师规定,每天至少喝两搪瓷杯,任何人不准以井水解渴。

地丁草有多种,这里最常见的是黄花地丁,俗名蒲公英。起先,曾老师把蒲公英与牛筋草一起煎汤汁。曾老师把多余的蒲公英晾晒干,装在塑料袋中。一日,曾

第十二章 路边有棵地丁草

老师给班上每个学生发了三分钱,说蒋巷的中药铺收购晒干的蒲公英,所得分给大家。要说预防乙脑,牛筋草最有效,蒲公英非首选。蒲公英却是治疗腮腺炎、咽喉炎、扁桃体炎、胃炎、肝炎等疾病的良药。

曾老师说:"我们学过课文《李时珍》,知道他的药学专著《本草纲目》,毫不夸张地说,几乎所有的野草都可以入药。"她接着介绍,药铺里并非所有草药都收购,目前紧缺的是地丁草、车前子、半边莲、绒花……

采药草能创收?强强出门割草,多了一只篮子,用来放药草。

车前草,被孩子叫作蛤蟆草,叶片呈褶皱状,像蛤蟆皮。平时,孩子们看不起它,小伙伴们有时玩一种游戏,掐几根花梗,彼此拉扯,看谁先扯断,游戏名称"打官司",所以又把它叫作官司草。强强和伙伴们一度以为打官司就是这样子,双方带上官司草,以花梗韧性定胜负。但这方面的知识远远不及多多,多多鼻子里"哼"一声,说打官司相当于吵架,说得对方无话可说就是打赢官司。

现在,蛤蟆草成了宝贝。根茎太短,贴在地上,一不小心散棵。强强小心翼翼看准草根,尽量把镰刀尖插

田埂上的梦
TIAN GENG SHANG DE MENG

到深处，整棵草带一截白生生的根，看着舒服。强强多次邂逅阿良、振明和卫星，他们也在挖药草。

半边莲稀少，长在阴湿的地方，一般田埂上找不到。强强发现，瘌痢头阿三屋后挺多，长在碎砖瓦砾间，下不了镰刀。它细弱的茎匍匐在地上，节上又生根，起获极不易。粉红色的小花，像半朵莲花，形状怪怪的，说不上漂亮。强强想起，那年母亲被蝮蛇咬伤，治伤的药草中有半边莲。

想不到，母亲把半篮子药草喂了羊。强强辛辛苦苦的收获，被粗心的母亲糟蹋了。强强从羊圈里找回吃剩的草根草茎，但吃到羊肚子里的再也抢不回来。

割草创收两不误，日子从没这么明亮过。

一周后的星期日，强强把晒干的药草卖到中药铺，总共一元零九分，收货的阿姨因分币不够，给了整整一元一角。强强记住了每斤草药的收购价：牛筋草三分，灰灰菜四分，马齿苋五分，车前草九分，蒲公英一角六分，半边莲两角两分，绒花五角八分……

牛筋草太便宜了，还不到饲料价；灰灰菜、马齿苋也很常见，一天晒二十斤干草没问题；车前草水分少，干货率高；蒲公英、半边莲单价好看，比较难挖……绒花那么

第十二章　路边有棵地丁草

值钱？强强看见一个老头卖绒花，没多少卖了三元多钱。老头说，自家两棵合欢树，搁着梯子摘了好几天花，太累了！

强强第二次去卖药草，被告知车前草已收满，也就是说，他辛辛苦苦割下洗尽晒干的十斤车前草一文不值。强强软磨硬泡，终于以每斤七分的价格卖给中药铺，连同蒲公英和半边莲所得一元一角。他用家里的秤称过，计算过，实际应得一元三角五分，药店收进时秤头上又克扣了几分钱。

不过，他获得了一个确切信息，蒲公英草的用量极大，供不应求，药店常年收购。

蒲公英开黄花，与芥菜花有些相像，只是没那么大，没那么密。黄色的小花，在田埂边土坡上很显眼。过一阵，花葶上顶着白色绒状的花球，轻轻一吹如一把把小降落伞漫天飞舞，每把小伞带着一颗种子。说也奇怪，强强挑回来的蒲公英，切断生命的根，被晒成干草，它依然能长出绒球，尽职尽责传播着生命的种子。

蒲公英开过花后，这一代的使命完成。曾老师教唱《路边有棵地丁草》的时候，野地里的蒲公英已枯萎。

田埂上的梦
TIAN GENG SHANG DE MENG

  路边有棵地丁草,
  弟弟上学看见了,
  地丁草,虽然小,
  治疗疾病不可少。
  摘起来,瞧一瞧,
  洗洗干净多么好,
  送给医生叔叔,
  把它送到病人手中,
  嘿!病人唱歌我们拍手笑。
  ……

  同学们一下子就听出来了,这是由儿歌《路边有颗螺丝帽》改编而来,现成的曲调,重新填了歌词而已。生搬硬套,不切合生活实际,谁会把一棵草专程送到医生手里?医生不开药方直接把中草药给病人?病人吃了一棵草就药到病除高兴得唱歌?强强脑子里冒出一连串问号,但没敢在课堂上瞎说。
  曾老师解释,地丁草并非狭义的地丁草,它代表中草药,代表我国医学药学文明。
  曾老师还说,班上不少同学卖过药草,为家乡医疗

第十二章　路边有棵地丁草

事业尽了绵薄之力，值得大家学习。强强担心曾老师顺着这个话题说到他，低头不看曾老师。什么绵薄之力，他只惦记着药草换钱。还有，如果曾老师问他一共得了多少钱，该不该说实话。除了妹妹，他对谁都保密。

强强三次卖药草所得两元八角。花二角买橡皮筋，把被母亲毁坏的弹弓修复，留几根皮筋继续备用。这二角钱花得毫不犹豫，现在弹弓藏得很隐秘，小屋内墙掏一墙洞，用一块活动砖封住。买了一包橄榄，一角钱一包的甜橄榄是阿五店里最贵的小吃，他在买甜味还是咸味间犹豫，最终决定买甜橄榄，分给妹妹五颗，没敢跟父母分享，连橄榄核都小心翼翼藏起来了。

穷人一旦拥有财富，反倒变得无所适从，但说这些钱的保管便很伤脑筋。这么多钱，应该拥有一个漂亮的钱夹。以前没钱，跟同学玩折纸，强强会用牛皮纸折叠用糨糊粘贴成钱夹。父亲经常扣在皮带上的黄牛皮钱夹，属于老头皮夹，强强不喜欢。他喜欢男青年用的塑料钱夹，长方形，两层大钞格，里边有横的竖的小格子，带拉链的小袋子，插照片的透明格子。他多次流连于蒋巷供销社柜台前，看中了七角五分的上海牌钱夹，蓝色塑面印着外滩建筑，手感比较柔软。

田埂上的梦
TIAN GENG SHANG DE MENG

钱夹里已经不足两元钱了。开始,强强把钱夹和弹弓一起藏在墙洞里,但反复掂量放小屋不妥,于是在床头没有粉刷的内墙上掏开一块砖,然后把他们放进去,这样位置更隐秘。

第十三章　十万个为什么

深秋的一日，曾老师把强强叫到家里。

曾老师的个人生活很封闭，从不与队里人来往，就连比邻而居的强强一家，只有强强去送过几次吃的，去了就走，而且仅限于厨房。

曾老师卧室陈设极简单。一张片子床，就是两个床片中间架一张棕绷，四角立柱撑起一顶白色蚊帐。床单是纯白色的，干净得耀眼，这让强强想到医院的病床，一般农家不可能用这种床单。被子薄薄的，白底碎花，叠得棱角分明。床后，两山墙中拉起一根铁丝，铁丝上挂几件衣服，用塑料薄膜蒙着。

田埂上的梦
TIAN GENG SHANG DE MENG

前窗下，有一张实木老写字台，斑驳而有些发黑。左边一个大抽屉，安装两个拉手，右边一个小抽屉，抽屉下一个橱柜。台面玻璃缩在中间，玻璃下压几张照片。看得出有几张是曾老师年轻时的照片，戴着眼镜，透出知识女性的优雅。其中一张背景是一座大铁桥，曾老师穿着时髦的连衣裙倚靠桥栏。曾老师说，这是著名的外白渡桥，是上海地标性建筑之一，也是近代工业文明的象征。曾老师接着说，这座桥是上海也是中国第一座全钢结构桥梁，经过几十年岁月，依然横跨在苏州河上。不过，它是由英国人建造的，那时候，包括现在，我国的制造业很落后……曾老师似乎觉得失言，突然噤口。强强记得《三元里抗英》，这个故事家喻户晓，说的是鸦片战争时期，三元里人民抗击英法联军的故事。那天恰逢大雨，英法联军的洋枪洋炮顿时成了哑巴，被手持鱼叉铁耙的三元里人民打得狼狈不堪。八国联军中，英国排在首位，可见英国人坏透了，对了，英国人造这座桥，肯定是为了掠夺更多的资源。

曾老师把话题转到另外一张照片，背景是鲁迅铜像，神态慈祥而坚毅。她说，这是鲁迅公园，鲁迅先生长眠在这里。"侬（你）晓得伐，阿拉（我）家离公园老近

第十三章 十万个为什么

个,经常过去白相,这几本书就是纪念馆买的。"

桌上摊着两本打开的书,强强凑过去看,是竖排的繁体字,很多字不认识,从上下文猜个大概。翻开的这页,边眉底下页码,上部有"阿Q正传"四个字,强强知道是这篇文章的标题。Q是什么,扑克牌中的皮蛋?曾老师说,是英文大写字母,哦,汉语拼音也有这字母,读"七",对吧?这里一般读"贵"。

曾老师继续讲解,阿Q是人名,小说主人公。"傳"是"传"的繁体字,正传相当于主要故事。阿Q是个虚构人物,具有典型性,这种人绍兴有,上海有,这里也有,我自己身上也有。精神胜利法,一个人贫穷时落难时,没一点阿Q精神,是活不下去的……跟你一个小学生说这个,你还不懂。

强强确实不懂。只觉得曾老师的神情与以往不一般。

翻到封面,封面有些陈旧,设计很简单,淡黄色底子加灰黑和暗红两个色块,竖排的"鲁迅小说集""呐喊"是中规中矩的宋体字,中下部突然飞出两个字符,是"呐喊"的草书,乍一看,"呐"的口字旁变成了两点,"喊"的口字旁更是简化为一点。这两个舞动的字,使得原本古板的封面变得……变得怎么样呢,生动?灵

田埂上的梦
TIAN GENG SHANG DE MENG

动？强强说不好。

曾老师说，几乎忘了叫你来的目的，看看这些书。

书桌靠墙竖放了二十来本书，两端活动书靠挡着。宽窄不一的书脊，上部印"十万个为什么"，中间有编号，底下"上海人民出版社"。强强留意到，十四号前的是橘黄色封面，从十五号以后，是灰蓝色封面。曾老师按编号排列，独缺了十八号。

曾老师随便抽出一本，六号，都是天文学方面的知识。"为什么一年有四个季节""为什么太阳从东边升起"……这些自然现象因太常见而被一般人所忽略，天经地义，还用问为什么，但真问你，未必答得上。

曾老师又抽出十一号，随口问，作为农村孩子，你知道向日葵为什么总是向着太阳？强强说，不向着太阳，就不叫向日葵了。曾老师笑道，问题是为什么？强强这方面的知识，来自日常生活的熏陶，从来不曾有过深层次追问。曾老师说，书上有答案。

难怪曾老师什么都懂！

从上学开始，教科书作为基本读物，所谓课外书，基本上指连环画。最有名的《三国演义》全套六十本，没有一个孩子手头超过二十本。强强有过几本，破损残

第十三章 十万个为什么

缺的程度不同而已,《战官渡》有封面无封底,《长坂坡》《落凤坡》用牛皮纸重装封面,里边缺了几页,还有《火烧连营》《擒孟获》等,缺页且残损,只配生煤炉了。就这么几本书,没有一本自己购买,皆以物易物而得。至于"字书",就是只有字没有图的那种读物,大概只有《毛主席语录》。

"这套书喜欢吗,想不想看?"曾老师问。

这还用问!世界上竟然有这么多好看的"字书",这么多知识,强强一时不知所以。

曾老师说,我想你应该喜欢,这套书囊括天文地理、数理化、动植物等知识,很适合你这个年龄的孩子阅读。每次借你一本,读完来换。不过跟你约法三章:一要爱护书,不能损坏或弄脏;二不可影响做家务;三不要带到学校,不准转借别人。还有哦,每次来换书,我要考你。

强强带回家的第一本便是六号,天文分册。

毫不夸张地说,强强读得如饥似渴,只能偷偷地如饥似渴。他谨记曾老师教诲,不敢把书带出家门。白天根本挤不出时间读。吃过晚饭,母亲在灯下做花边,纳鞋底,父亲搓草绳,强强被允许借光看书。父亲最希望强强跟着搓草绳,这也是一项副业,一百庹(成人两臂

113

田埂上的梦
TIAN GENG SHANG DE MENG

左右伸开的长度）为一捆，卖给窑厂。强强手劲不够大，技术不够好，搓出来的绳子又松又不匀，验收不过关。强强需要这个结果。

等父母睡下，强强偷偷看一会书。他一个人住在从主屋搭出的附房里，只够放一张竹榻。一盏15瓦的白炽灯吊在梁头，灯绳太短，他想接一段电线，自制一个能聚光的圆形灯罩。母亲在内屋嚷："咋还不睡？浪费电！"如果有一盏曾老师写字台上的台灯，多好。光线好，还不易被母亲觉察。

强强老大不愿拉灭电灯，偷偷拧亮手电。翻书时，手电晃了一下，内屋传出母亲的怒骂声。

强强从书上学到的天文知识，完全颠覆了以往有限的认识，夏夜乘凉时母亲讲的天河、扁担星、流星，统统都是瞎扯。他知道了银河系、太阳系，知道启明星就是金星。知道了恒星，牛郎星和织女星都是恒星。知道了扁担星就是猎户座，俗语三星高照居然指的是它们……

还有，天体间的距离居然是以光年来计算的！

强强一改囫囵吞枣的看书习惯，怕曾老师提问，如果回答不过关，曾老师不再借书与他。他记忆力好，好得连自己都觉得不可思议。

第十三章 十万个为什么

一天割完草,忙里偷闲的几个小伙伴把玩一棵向日葵。野地里孤零零的一棵,干瘦矮小,估计是鸟衔来的种子。阿良扶着向日葵的圆盘,说谁能猜出它有几片花瓣?农家孩子对向日葵不陌生,简直太熟悉了,可是有谁留意过花瓣多少。卫星说,十六或者二十。小芹说,二十四?阿良摇头。

强强说,二十一片!

阿良满腹狐疑,你偷偷数过?不过自己很快否定了结论,向日葵被他身体遮挡着,除非强强有透视功能。要不,此前他来过这里,留意过这株向日葵,数过花瓣?阿良以为强强碰巧,卫星说,偶数,对称才合理,怎么可能二十一?

强强说,甭数的,不是二十一,就是三十四,没有第三种答案。

几个均表示不信。卫星说,瞎猫逮着死老鼠,又吹牛。强强说,可以赌一把,就赌一篓草,两篓也可以,谁来?

看强强说得那么肯定,阿良有退缩之意,却竭力鼓动卫星打赌。卫星不服气,要求跟阿良联合下注,每人半篓草,赌强强一篓草,由小芹作公证人。

115

田埂上的梦
TIAN GENG SHANG DE MENG

四个人跑到一户自留地里,扳着向日葵,一片片数花瓣。数到后来,卫星不想数了。

小芹说,强强怎么知道这个规律的?

强强解释"裴波那契数列":1,2,3,5,8,13,21,34,55,89……从第三位开始,后一位等于前两位相加。植物开花与裴波那契数列的对应关系,百合花3片花瓣,桃花梨花5片,最常见的花都是5片,飞燕草8片,万寿菊13片,向日葵21或34片,雏菊34或55或89片……

强强继续说开去,0.618,黄金分割,裴波那契数列越靠后,相邻两数的商越接近0.618,这是自然的神奇,造物主的神奇……他的口才从来没这么好过,居然能滔滔不绝,连自己都惊讶。

几个小伙伴怔怔地盯着强强,恍如不认识他。

被……什么拿起?你哪里知道这么多的?小芹说不像拗口的人名。裴波那契!强强说他是外国数学家,因发明这个数列而以他名字命名,他没说《十万个为什么》,没提到曾老师。

第十四章　狗头金

窑厂也是强强和小伙伴们的游乐场。

公社窑厂坐落在望虞河东岸，在方家塘西北方向，始建于强强七岁那年。原址有五口小窑生产青砖，产量很低，满足不了当地百姓的造房需求，同时无力吸纳本地砖坯。窑厂属于轮窑，有着硕大的窑炉，高耸入云的烟囱，多少年间，烟囱一直是这地方最高的地标性建筑，也是衡量建筑物高度的参照物。

强强跟小伙伴去窑厂，以割草为幌子，目的却不怎么纯粹。比如，带着偷挖的山芋去窑顶烘山芋，运气好时能捡拾到废铁，跟换糖姥姥换一点小吃解馋。有一个

田埂上的梦
TIAN GENG SHANG DE MENG

阶段,来自上海的工厂垃圾小山似的堆放在燃料场,垃圾千奇百怪,在孩子眼里就都是宝贝。扑克厂的次品,一整张台面大,可惜都是同一张牌。机械厂擦机器的棉纱团,有的沾满油污,有的还很干净就扔了,棉纱团柔软有弹性,垫在破胶鞋里软和,塞家里的墙缝正合适。橡胶厂红红绿绿的废旧热水袋,与老谷家的一模一样。孩子们拿着热水袋去河边灌满水,发现都是漏的。阿良提议,把它剪成一圈一圈,代替皮筋装在弹弓上。强强试过,剪得太宽拉不开,窄了韧性差容易断。

过几天,摊开一场垃圾曝晒。有时候夹带了生活垃圾,有很多破皮鞋、旧拖鞋。强强一直为钓鱼线上找不到合适的浮子犯愁,鹅毛管不显眼,容易松动,老谷家那种海绵拖鞋剪成一个个小方块,穿在尼龙线上浮力好,显眼。强强捡到的几只拖鞋,居然还能穿,可都是单只,尺码不一,他在臭气熏天的垃圾场上翻找,至于样式无所谓。他真的配齐了两双拖鞋!

"小赤佬,都给我过来!"一声断喝,一个壮实的中年汉子叉腰站在场边。强强认识他,是窑部领导,人称赵麻子,以前踢翻过强强的烘山芋。

赵麻子出现,准没好事。伙伴们四散逃窜,强强惦

第十四章 狗头金

记着场地边的草篓,又舍不得扔下拖鞋,被赵麻子抓住。赵麻子凶神恶煞,抢过草篓就走。强强拉住草篓不放。

赵麻子说:"窑厂买来的燃料,被你们偷光了,拿什么烧窑!"

强强说:"拖鞋不要了,把草篓还给我。"

"这么容易?统统没收!"

赵麻子一路疾走,强强一路尾随求饶。赵麻子怒斥道:"跟着我干吗,滚开!"强强依然跟着。赵麻子威胁把强强带到保卫组。

强强不是不怕。丢失草篓,回去如何交代?对来自父母的恐惧远胜于赵麻子,哪怕是听上去怪吓人的保卫组。

保卫组的瘦高男问强强叫什么,住哪个庄上,父亲叫什么。强强一一作答。瘦高男说,人赃俱获统统没收。

强强说:"草篓里只有草和镰刀,没用来放赃物,凭啥没收?要么你没收我这个人!"

赵麻子说:"还嘴硬,关你一夜。"

强强说:"我是未成年人,你得通知我家长。"

毕竟算不得事,两人本想逗孩子玩,吓唬几句,谁知道这孩子一句话都不服软。赵麻子说:"人放你回去,

田埂上的梦
TIAN GENG SHANG DE MENG

草篓押在保卫组,叫你家长来领。还有,以后不许到窑厂小偷小摸。"

强强说:"窑厂你家开的?一半地是我队里以前的坯场。"

两个大男人懒得跟强强费口舌,最终放了他。

强强惦记着被赵麻子收走的拖鞋,想象着穿在脚上的感觉,比父亲自制的木屐不知舒适多少倍。听阿良吹嘘,家里有旧拖鞋旧皮鞋,还不是身为烧窑师傅的父亲捡回来的。那么辛苦翻找,好不容易凑成两对,说不定已经被赵麻子拿回家,或者与瘦高个一人一双穿在脚上了。

再去垃圾场,强强空着手。即使再遇到赵麻子,也不怕。一次,两次……好歹凑成了四双拖鞋,但品相大打折扣,尽管没有小尺码,妹妹已然很开心。

他还配了两双皮鞋。上海人的脚有问题,至少走相有问题,右脚皮鞋普遍比左脚损坏严重,品相好些的都是左脚皮鞋。其中一双父亲很合脚,他在鞋跟上钉了一块轮胎皮,不知到哪里弄来鞋油,擦得锃亮,一度成为他走亲出门的行头。

与传统小砖窑小火慢烧完全不同,轮窑采取急火猛

第十四章 狗头金

烧的速成法，消耗大量的燃料，一年中大部分季节以稻麦秸秆、木屑、砻糠等低值燃料为主，燃料匮乏的冬季才烧原煤。窑厂边生活多年，强强能从烟囱冒出的烟雾判断使用的燃料：稻草烟雾呈白色；砻糠基本看不出烟雾；浓烟滚滚且飘浮点点烟尘，燃的是工厂垃圾；青色烟雾烧的是原煤。

当烟囱冒出青色烟雾时，强强和小伙伴们背着铁丝筐，拿着小铁铲往窑厂跑，捡煤渣。

煤渣，俗语煤屎，名儿庸俗而不乏生动，原煤来不及燃尽炭化结块，尚有一定火力。先前，大量的煤渣与煤灰作为垃圾堆放在边缘地带，无人问津，偶有周边农家挑几担回去铺路，操场跑道就是煤渣路。后来，有人发现煤渣依然有一定燃烧值，自制了煤渣炉子。一时争相效仿，几乎家家拥有了煤渣炉。

那一阵，窑厂周边几个村庄，可谓全民出动，有的挑着箩筐，有的推着小车，堆放了几年的煤渣很快被抢光。每户农家囤积几百斤煤渣，强强家超过千斤。父亲说，越多越好，省下两个柴垛，能换五千青砖。

父亲在土灶边砖砌了一个方方正正的炉灶，腰部安五根粗钢丝作炉垫，底下有出灰口。生火时，芭蕉扇不

田埂上的梦
TIAN GENG SHANG DE MENG

停地扇半个小时，屋内弥漫着呛人的浓烟。后来，他用半截铁皮桶改制成一口活动炉灶，生火时，把它架到弄堂口或场角风口，充分利用自然风，免受浓烟呛人之苦，又节省了劳力。

一群孩子，五六个，最多时二十来个，候在煤渣场，只待运渣车倒出煤渣，一哄而上，用铲子把大块煤渣铲进铁丝筐。刚出窑的煤渣很烫，有的火还未熄灭，随时有烫伤的危险。出煤渣的工人总是善意提醒小心些，不要抢。孩子们置若罔闻，有时为了争夺一大块煤渣大打出手。阿良最厉害，候在半道抢，甚至直接钻进熄火不久的窑炉挖煤渣。

在跟着出窑师傅三班倒的运煤渣工人中，瘌痢头阿三是其中一员。阿三小时候满头脓疮，故而有此绰号。阿三幼年丧亲，由两个姐姐带大。姐姐相继出嫁后，阿三因懒致贫，四十好几依然光棍一条。阿三心不坏，常常看准队里的孩子，铲起大块的煤渣放到强强和小伙伴的筐中。

那一阵子，队里盛传着阿三天降横财的马路消息。

说某日，阿三从煤渣里拾得一坨东西，硬度高分量重，外形不规则，表面有麻点，石头上一磨，晶亮金黄。

第十四章 狗头金

阿三不识为何物,潜意识中觉得是宝贝。据说,阿三把这东西给曾老师看,曾老师一眼认出是狗头金,也就是天然金块。

金块多大,有人说一公斤,大部分版本一斤左右。世上就数黄金最值钱,一副耳环一百多元,一枚戒指三百多元。就算阿三的狗头金是一斤,能打多少副耳环多少枚戒指啊。

消息激发着众人的探究欲。有人私下问阿三,阿三矢口否认,即使真得了横财,他至于那么傻么。不过,有人说阿三言辞闪烁,有人说他口气大了。当你怀揣疑心,觉得对方越看越可疑,至于口气大,阿三一贯如此。阿三依然天天去窑厂干粗活,每天喝一个"劳动瓶"小酒(二两半瓶装的二锅头),抽七分钱的"生产牌"香烟。生活境况依旧,他身上看不出发财的迹象。话说回来,阿三没有把狗头金变现,从货币资产角度依然是穷光蛋,暂时性的生活拮据,或则故意藏富。

乡下谓一夜暴富为"掘横财",列入励志故事。研究阿三的人这才想起曾老师,阿三嘴里得不到的,指望从她嘴里得到。

"有噶(这)事体?啥人讲的?"

田埂上的梦
TIAN GENG SHANG DE MENG

曾老师简简单单说了八个字,言下之意不知情,或者说纯属无稽之谈。好事者对曾老师反问式的答复很不满意,究竟有还是没有,或者懂还是不懂,应该明确作答。这个来历不明的女人,以前是干什么的,何故孤身一人来此穷乡僻壤,都是谜。

不过,是有那么一阵子,强强见到阿三在曾老师家周围出没。

强强质疑过阿三故事的真伪。加煤的小铁锹是特制的,短柄卷边,烧窑师傅一小锹一小锹往燃料口加煤,不可能发现不了那么大一块狗头金。现在的强强,对矿物多少有些了解。从煤渣中发现的可能性几乎为零,在原煤中发现的可能性大。天然金块出现概率最高的地方在金矿附近,煤矿中也有可能出现。

如果这堆煤中有天然的狗头金,那么,它未必孤立存在,有可能存在第二块,第三块……强强几次独自去煤场寻找发财梦,天晓得咋这么痴,就算狗头金摆在眼前,未必识得。

第十五章　一双尼龙袜

强强第一次听说尼龙袜,是来自母亲之口。母亲说起队里某新媳妇脚上有一双尼龙袜,弹性好,又暖和。缎子棉袄、全毛毛衣、毛哔叽裤子、皮鞋,再加尼龙袜,新媳妇的行头在全队独领风骚。

新媳妇春节嫁过来的,其时队里一共娶了三位新媳妇。闹洞房,俗称"看新娘",他和小伙伴们打了半夜哈欠才等来新娘船,每人获得新娘馈赠的四颗糖果、两颗菠萝硬糖、两颗大白兔奶糖。奶糖稀有,糖纸里还裹着透明的糖衣。至于新媳妇长什么样,穿什么衣服,小伙伴们根本没在意。

田埂上的梦
TIAN GENG SHANG DE MENG

不在场的母亲居然知道新媳妇脚上的尼龙袜，可见尼龙袜的时髦程度。尼龙袜长什么样，强强全无概念。塑料薄膜俗名尼龙纸，袜也这样光滑透明哔剥作响的么？他想象着尼龙袜的样子与质感。

诸多先例表明，母亲的话不是随便说说，她在为自己购置新物件前总会埋下伏笔。说过尼龙袜的种种好，话锋一转，说自己吃辛吃苦大半辈子，说啥都得买双尼龙袜尝尝。母亲惯于把购物称为尝尝，或尝个鲜。每当此时，父亲第一个提出反对。母亲惯用的招数：数落父亲的种种不良嗜好，抽烟喝酒，挥霍的钱不知能买多少新衣服、新鞋子。强强希望母亲能买成，只有母亲首先拥有，兄妹俩才可能拥有。

所有小伙伴中，多多率先穿上尼龙袜。多多吊着裤管，露出大半双新袜子。强强的第一反应，这大概就是传说中的尼龙袜。多多一副无所谓的态度，说是大哥给他买的，24码到26码的脚都可以穿。还说，尼龙袜就是暖和，冬天穿单鞋都出脚汗。

强强只有线袜，很难看的单色，说不清是属于暗红还是棕色。线袜缺乏弹性，袜筒子经常滑到脚底下，或者袜脚跟转到脚背上，走一段得脱下鞋子提袜子。母亲

第十五章　一双尼龙袜

给出的办法，用橡皮筋箍住袜筒子，情况有所改善，脚踝被箍出血痕。还有一双线袜，整个底都磨烂了，母亲重新托了个袜底，厚得硌脚挤脚，穿着极不舒服。

强强想好了怎么跟母亲提要求，说过年就到蒋巷上初中了，路那么远，线袜太不跟脚，给我买一双尼龙袜吧。母亲不听强强转弯抹角，揪住最后一句话："我都没尼龙袜，你别做梦！"

又得说起卖药草所得，藏在墙洞里的一元八角存款，最终没瞒过父母，连带皮夹子早给没收了。那么大一笔收入，还想藏私房钱自由支配，胆子忒大了。

强强说："把药草钱还给我，我自己去买。"

母亲说："还给你可以，以后不要吃家里的饭，不要穿我买的衣服。"

强强跟父母怄气，好几天不出声。父亲给了强强一个台阶，想买尼龙袜，打楝树果挣钱。

楝树又名苦楝，房前屋后，旷野路旁很常见，有野生也有栽培的，有私家也有集体的。果子奇苦而有毒性，青绿时很硬，强强用它做弹弓子弹。秋冬后，楝树果变黄变软，有一些自然脱落。这个季节，蒋巷收购站大量收购楝树果，有多少收多少。据说，用以制造油漆、润

田埂上的梦
TIAN GENG SHANG DE MENG

滑油和肥皂，还能制药。每斤两分的收购价诱惑力不大，任凭楝树果挂在枝头腐烂脱落。

父亲打听到，今年的收购价提高到每斤三分。

强强脚程块，专程去了一趟蒋巷，证实提价消息属实。供销社与收购站一墙之隔，强强流连于袜子专柜，看中了一双男式尼龙袜，金黄底色，黑色网格，星星点点的提花，很漂亮。三元两角一分，他做了道简单除法，一百零七斤楝树果等于这双尼龙袜。

强强带着篮子，到树林捡拾掉在地上的楝树果，不是太多。楝树叶基本落尽，金黄的果子一串串挂在枝头，用力摇动树干，又掉下一些果子。第一天收获不错，估计十斤以上。

次日，强强扛了一根长竹竿，家里晾晒衣服的竹竿。楝树果成熟期不一，同一棵树上也相差很多。加上果柄粗壮，绝大部分果子顽固地吊在枝上，直到来年也不会脱落。竹竿太重了，使着很吃力，击打往往不到位。枝枝丫丫又牵牵绊绊，几回合下来，强强出汗了，热得脱去了棉衣。

打几下，捡拾一番，一棵树基本光秃秃的，转到另一棵树下。

第十五章　一双尼龙袜

仰着头，伸长脖子，双手握紧竹竿粗壮的一端，强强基本保持同一种姿势，啪，啪，啪……一串串果子四散飞出，跌落在地上。

"打到多少了？队里的树都给你弄光了！"阿良嬉皮笑脸出现在林子里。阿良和他哥哥以前都干过，知道为什么。从打死阿三家鸭子后，强强一直远离阿良。强强自顾捡拾地上的果子，不予理会。阿良说："唷，长本事了，居然不理我！"一脚踩住强强手边的一大串果子。强强换了一个方位继续捡。阿良用脚掌把果子碾烂，追过来又碾了一脚。

强强弓着身子猛撞过去。

阿良料不到强强来这么一下，而且劲儿大，屁股结结实实坐在地上，背部和后脑勺着地摔了个仰八叉。他从地上爬起来："反了你！"接着就挥拳砸过来。强强闪身躲过，胸口还是挨了半拳。强强捡起地上一截断砖，阿良挑衅道，有种你砸，你砸呀！退让求不到尊严，只会换来更多的屈辱。长期的屈辱瞬间迸发，强强心一横砸过去。阿良"哎呀"一声，按住额头，鲜血从手指从掌根挂下来，大哭。

你也不是铁打的，你也会疼，也会哭，活该！

田埂上的梦
TIAN GENG SHANG DE MENG

强强提着第二篮楝树果回家时,阿良和他母亲找上门兴师问罪。阿良额头缠着纱布,仇视的眼神睨着强强。

"你把我家良良打成这样子,为啥?"阿良母亲一脸怒气。

"是他先惹我!"强强道出前因后果。

"那也不能用砖块砸呀。"

"他也砸过别人!"

"他砸别人,关你什么事?"

"他一直欺负我,上次抢了我的茅针,玩镰刀作弊抢我割的草,设计圈套害我打死鸭子……"

"我家良良这么不好?"

"反正不是好人。"

阿良母亲被强强噎得语塞。她对强强母亲说:"小孩子打个架没啥,戾气这么重,一碗饭长一沓糠爿血,多少天的饭白吃了,你们看怎么办?"

母亲抡起扫帚揍强强。阿良母亲说:"不是让你打孩子,刚才给良良烧了两个鸡蛋补补身体,明天……"

强强抢过话:"让阿良也砸我一下,不过,他先把碾烂的楝树果给我弄好,把茅针还给我,赔半只鸭子。"强强到自家场角捡来半块砖递给阿良。

第十五章　一双尼龙袜

"你咋这么不讲理？"阿良母亲说。

"我不讲理，全队十几个孩子，数阿良最讲理。"强强讥讽道。

母子俩走后，强强母亲破天荒没有打骂强强。仗势欺人，那一家子老老少少如此。父母自己逆来顺受，内心却不希望孩子同样窝囊。

翌日，队里的孩子都来打楝树果，每人占领一棵大树，阿良和哥哥占据了最大的两棵树，阿良头上还裹着绷带，看着依然生龙活虎。

队里的楝树很快被洗劫一空。

目标一百零七斤，向周边村庄转移。

丁家坝的农舍沿河而居，楝树大多长在河岸。强强站在岸头挥竿，楝树果啪啪地掉到河里，白忙乎一场。河浜里停泊着几条农船，强强爬到船上，岸头很高，四米长的晾衣竿根本够不着。强强设法接了一截，加长的竹竿举在手中不时晃动，操作异常吃力。一串串果子飞出漂亮的弧线，撒落到岸上。

阿良和哥哥后脚跟过来，兄弟俩配合，强强自然抢不过他们。他们嫉妒强强的尼龙袜，不乏捣乱的成分。

胡巷与桑家桥北边也有大片坟地高土，早些年已平

田埂上的梦
TIAN GENG SHANG DE MENG

整一些,但依然林木森森,人迹罕至。有过深夜照黄鳝的经历,有过打破阿良脑袋的经历,强强的胆气已今非昔比。经过踩点,强强用扁担挑着两只柳条筐,一头扎进枯草没膝的坟地。

这次终于摆脱了阿良。

冬日散淡的阳光懒洋洋地洒在荒野之地,沉寂而萧条。这里的楝树果稀疏但颗粒大,不一会装满一筐。有一棵树比较高,强强踮起脚尖仍够不着,情急之下,爬上了露天棺材。以前有风俗,英年早逝或意外死亡的死者,不急于入土为安,棺木暂厝于地面,以砖瓦砌屋覆盖,待夫妻另一方逝去后改葬。有些年头较长、墙或顶坍塌的棺材裸露着。强强脚踩的地方,红漆的棺木盖子开始腐朽,盖子下是什么,管它呢,眼下就是一架梯子。强强太用心了,脚下一空,从棺材顶上一头栽下。

这次收获不小,一大担果子,外加额头上鸡蛋大的鼓包。

金黄色的果子摊在屋场上晾晒,起了皱,瘪塌塌的,强强的内心越来越充实。

父亲估计,差不多了,一百斤只多不少。

不够也没办法,周边村野已找不到一棵挂果的楝树。

第十五章 一双尼龙袜

父亲说，今天正好去银行领点钱，顺便把楝树果卖了。母亲本来计划上街，到布店扯几块布，春节前请老裁缝来家做衣服。强强提议，让妹妹一起去。一家四口，如走亲戚一般，父母轮流挑着担子，把楝树果送到蒋巷收购站。强强看着工作人员过磅，拨拉着算盘，把钱递到母亲手里。

母亲毫不犹豫地给强强买下尼龙袜，一个心软，给妹妹也买了一双尼龙袜，蓝色底子，红色小碎花。强强把尼龙袜揣在裤兜里，一个手插着，走一段路掏出来看看，晚上睡觉压在枕头下。

第十六章　脚　炉

腊月廿四前,学校开始放寒假。

按正常学制,强强应该小学毕业了,过年开学后升入初中。学期结束前,他们和他们的家长被告知,学校将由春季升学改为秋季升学,所有学生"留级"一学期,也就是说强强还得当半年小学生。

强强有些失落。母亲也有意见,初中生才能享受全额口粮,半年差六十斤呢。

连续几日冷空气南下,天气异常寒冷。

到河边洗菜的母亲回家扛了一把敲麦用的木槌,说河里冰太厚了,砖块根本砸不开。强强带上雷锋帽,跟

第十六章　脚　炉

着母亲去河边，好家伙，小河被冻住了，如一块硕大的磨砂玻璃，盖在河面上。母亲用木槌砰砰砰砸打冰面，砸出一个小窟窿，沿着边缘又砸了几下，窟窿慢慢变大。浮在水面的冰块，厚度不少于十厘米。母亲在刺骨的冰水中淘米洗青菜，这个枯水季节，庄上两口公井来不及长出水。

一群鸭子在冰面上蹒跚而行，不时滑到，嘎嘎叫唤几声。它们发现强强母亲留下的冰窟窿，一路欢叫着，跌跌撞撞扎到水里，挤在一起转圈。

"溜——"一块瓦片从冰面上滑过，沿着河道滑向远处。

"溜——"又一块瓦片从冰面上滑过。

循着瓦片过来的方向，卫星和多多在河岸玩打水漂，冰面上比水面上滑得更远。卫星在那头高呼，喊强强过去玩。

溜——溜——溜溜溜——玩冰的孩子越聚越多。

多多一脚踏在岸边，一脚小心踩到冰面上，轻轻一跺脚，冰面纹丝不动，用力一跺，冰面依然结实，便大着胆子往河中央移步，安然到达对岸。

小伙伴纷纷"下河"，蹑手蹑脚走过去，走回来，没

田埂上的梦
TIAN GENG SHANG DE MENG

事。大着胆子溜过来,溜过去,小河变成了一片溜冰场。众人胆子越来越大,居然忘记了身处冰面,十公分以下是刺骨的河水。"嚓——"巨大的碎裂声从脚下向远处放射,不好了!一个个往岸边逃窜。处在河中央的强强正好处在冰面最薄弱处,脚下坍塌了,来不及拔脚,棉鞋及裤管被河水浸湿。

"给你暖和暖和,给我赤脚!"母亲骂几句,用草木灰吸去水,把棉鞋放在脚炉上烘干。强强就这一双棉鞋,不烘干,穿什么。

强强赤脚等鞋干,烘一会,翻个身,手指摸摸,依然潮湿。那么厚的棉鞋,一时半会干不了,最终还是父亲烧晚饭时,把棉鞋放在灶炉口烘干的。

铜制脚炉是母亲的嫁妆,她为数不多的嫁妆中最值钱的东西。脚炉呈鼓墩形,提襻方便而精致,盖子上打着一排排整齐的气孔,竖看横看斜看基本一直线,强强没事计算这些小圆孔,两边一排四个,往中间依次为7、10、11、12、13、14,中间一排反而变成十二孔了。强强后来见过铜匠纯手工制作脚炉,佩服之至。

强强很小就学会架炉灰了。先在炉底铺一层冷草木灰,再用火夹夹入热灰,接着撒入锯木屑或砻糠,然后

第十六章 脚 炉

又铺上一层热灰,最后撒上一层冷灰,每一步都要用鞋底踩踏结实。木屑在余烬中慢慢煨,热力均匀而缓慢地传递到整个脚炉。这也是一项技术活,或太烫,或不热,或熄火,热力稳定持续大半夜才算本事。

俗话说,寒从脚底来。热也从脚底来,暖遍全身。

"爆蚕豆吧?"妹妹提议。

掀开炉盖,拨开冷灰,几颗蚕豆置于闪着火星的余烬中。豆壳鼓起来,用筷子翻个身,焦黄的一面朝上。"怎么这颗蚕豆不鼓?"妹妹说。筷头蘸唾液往豆子上一点,豆子嗤嗤冒着热气,中间慢慢隆起,妹妹很开心。

一炉爆上四颗,你一颗我一颗,我一颗你一颗,兄妹俩吃得欢。

强强给妹妹讲听来的故事,上海人第一次吃蚕豆,说真香,就是核太大了。妹妹说,上海人吃豆壳?曾老师也是上海人,有那么傻吗。

曾老师回上海去了,临走前把几本《十万个为什么》给了强强,嘱咐寒假看完。

脚炉爆蚕豆比较慢,爆黄豆快些,爆玉米最好玩,玉米受热,啪一声白花花地炸开,跟爆米花似的。

这一冬的雪好大,积雪来不及融化,又是纷纷扬扬。

田埂上的梦
TIAN GENG SHANG DE MENG

融雪天特别冷,冷到骨子里。强强和小伙伴不肯闲着,去树下、柴垛、屋檐,找冰凌玩。

谷老头家后屋檐,冰凌有半人高,滴答滴答的滴水声中,冰凌噼噼啪啪跌落。谷家门窗紧闭,窗帘布遮得严严实实,看样子是回城里,或者到哪个儿子家过年去了。

谷老头家不用脚炉,用汤婆子,圆滚滚的鼓形取暖器皿,里边灌一瓶半开水,早晨倒出来正好洗脸。老谷一家,有三个汤婆子,四个热水袋,用绒布给它们做了衣服,装上拉链。

这个夏天,望虞河边泊过一条铜匠船,摆摊浇铸铜铝器皿。强强父亲倾尽多年积攒的铜料,有电线中剥出来的铜丝,有仪器上拆下的零件,还有祖上遗落的铜钱,三十多个"大清铜币""光绪元宝",强强最希望铸一只汤婆子,一只小号的脚炉也好。父母早合计过了,铸了两把铜铲刀和一大一小坐在汤罐上的铜勺,父亲说,这天天用得着。

说来寒酸,以前一家四口挤在一张木床上。强强大些时候,不愿与父母同睡,执意分床。冬夜,一家子全仗唯一的脚炉取暖。临睡前,母亲把脚炉焐在强强床上,

第十六章 脚 炉

催着强强睡觉，过后把脚炉拎走。前半夜，强强还算暖和，后半夜，脚部开始发冷，双脚往上缩，整个身子缩成虾米。

可能有几次，母亲半夜把脚炉塞进强强被窝，睡梦里的强强一脚蹬去，提襻哐当一声响，脚底碰到冰冷的脚炉，下意识地蹬到床角。

但是有一次，强强把脚炉蹬翻了。蹬翻脚炉的后果不可预料，有烧伤烧死人的，有引发火灾的。母亲起夜，隐隐闻到棉布的焦烟味，避免了一场灾难。

母亲一咬牙说，明年，明年铜匠船过来，一定浇个汤婆子。

第十七章　惊天大案

春节过后,队里发生了一件惊天动地的大事,老谷家遭贼了,被盗现金一百三十多元,还有五十斤全国粮票。

老谷到大队报案,大队又报到公社,鉴于案情重大,被盗对象又是插队户,公社保卫组很快派人来队里调查。

据老谷说,他们一家在城里过节后回乡下,刚刚踏进门便感觉家里被翻过,果然,抽屉锁被撬坏,钱和粮票不见了。东房后窗防护栏中有一根钢筋扳弯了,窃贼从这里钻进去,得手后又从这里钻出来。老谷带着保卫组指指点点,好多人在现场围观。保卫组扭动那根钢筋,

第十七章 惊天大案

钢筋居然是活络的,可以很轻松扭动,显然是钢筋长度与窗框不匹配。老谷说,其他钢筋都牢固,看来窃贼熟悉内情,说不定当初……

队长说,简直瞎猜疑,当初为你家造房子,队里所有男人都来帮工,窗户是老木匠弄的,前两年就死了。

晚上,队长通知开社员大会。眼下已经进入春季积肥阶段,农事、案情两不误,只得夜里开会了。

村民第一次发现,这个经常戴着老花镜看报的白发老头,有着非比寻常的好口才。老谷首先介绍家里的失窃情况,向人展示被撬坏的小挂锁。至于家里这么多钱,三十元是几个儿子给的过年盘缠,还有一百元钱,本该交队里记工分的,由于大儿子家发生了一点事,走得匆忙,来不及上交队里,也忘记了带走,才给了盗贼可乘之机。

"都怪我粗心大意,唉……"老谷连连叹气,说着用手绢擦眼泪。

老谷说的上交是这么回事。眼看老谷一家无所事事,透支额年年递增,队长牵线,为他接下大队针织厂包装袋,活儿很简单,把塑料薄膜筒子按尺寸裁开,只需用电烙铁烫住底部。待结到加工费,交队里记工分,至少

田埂上的梦
TIAN GENG SHANG DE MENG

能让老谷一家自食其力。

说到最后,老谷把这次被盗事件上升到新的高度:"表面上看,盗贼偷的是我老谷的钱,实际上是偷的上交队里的钱,也就是说破坏集体经济,而且破坏上山下乡政策!"

调查组来了三人,公社保卫组的小个子姓胡,担任组长,公社窑厂抽调来的瘦高个,还有大队民兵营长。指挥部设在大队部。

胡组长的动员令,基本重复了老谷的豪言壮语。

队里发生了这么件大事,强强甚觉得好奇,很想了解这几个人怎么破案,究竟谁是大盗。父母开会回家,强强还没睡着。

"让队里人互相检举揭发,谁最可疑,还要不要种地!"母亲轻声说。

"反正跟我们无关。"父亲说。

两天过去了,没有一个人跑到大队部去检举。这是闹着玩的吗,一旦列入怀疑对象,本人背一辈子黑锅不说,连家人都抬不起头。乡里乡亲,即便过往磕磕碰碰,你去举报人家,做一辈子活冤家。

第二次社员大会上,胡组长要求村民提高觉悟,放

第十七章　惊天大案

下一切顾虑，坚决与坏人坏事做斗争。胡组长代表组织承诺，为举报者保密。

老谷更是慷慨激昂，说他们一家响应号召来到这里，想不到遭此暗算。队里出这等败类，是给方家塘百姓脸上抹黑。他相信，人民的眼睛是雪亮的，一定能把坏人揪出来……结语掷地有声：

"不获全胜，决不收兵！"

调查组随之改变策略，首先重心下移，驻扎在队里仓库。其次，设立举报箱，挂在仓库墙上。最厉害的一招，个别谈话，队里所有成年男性，一个个过堂，白天黑夜连轴转。

一时，人心惶惶，乌云笼罩着整个村庄，村民只顾下地干活，互不搭话，连庄上的狗也不吠不跑了。

案情终于有了进展。

癞痢头阿三被关进窑厂保卫组！

这个时候，调查组搬到了窑厂保卫组。可能窑厂有食堂，生活方便些。还有，那里有专门用来关押坏人的黑屋子。

这家伙，一人吃饱全家不饿，白天懒懒散散，夜里眼睛贼亮。有人看见他半夜三更在曾老师屋前屋后转悠，

田埂上的梦
TIAN GENG SHANG DE MENG

有人看见他踮着脚在老谷家窗外朝屋内张望,有人看见他几次三番往养蜂女人那里跑……总而言之,阿三手脚不干净,贼头贼脑,越看越像坏人,越想越可疑。

方家塘村民终于松了一口气。

阿三关了一天一夜,居然被放出来了!阿三在仓库场大声叫骂:"谁坏我良心?站出来!表面上一个个人模狗样,背后使绊子,有种面对面较量!"

这会儿,正是出早工的当口。仓库场是队长派工的集散地,也是从庄里到田头的必经之路。一庄子的人,四散站开,听他嚎叫。

阿三关了一昼夜,头发乱糟糟,眼睑粘着眼屎,面容有些憔悴,除此之外,头发没少一根,纽扣没掉一颗,不但活蹦乱跳,简直歇斯底里。阿三站的地方斜对着老谷家,老谷家闭门锁户。

阿三表现夸张,指着围观者的鼻子,这个叔那个哥挨个问:"是不是你举报我的?"

"没有没有,绝对没有!"摇手的摇手,摇头的摇头。

"天地良心,要是我坏你良心,遭天打!"毒誓都发了。

第十七章 惊天大案

"是队长，只有队长使的坏！"阿三突然对队长说。

队长一愣："好了好了，汗毛没少一根，既然调查清了，就不要得理不饶人啦。"回头对众人说："上工了。"

阿三还在闹："诬陷我做贼，试试看！我阿三无牵无挂，跟你拼命……"

阿良父亲被关进去了。强强听父母说，据传出来的消息，阿良父亲夜班回家，一念之差拐到老谷家，下半夜黑灯瞎火的，神不知鬼不觉。据说已经交代，他举报阿三，为了扰乱调查组视线。

母亲说不信，她倒是给了阿良父亲比较客观的评价，说他虽然平日里强横，偷鸡摸狗的事还不至于。

强强万万想不到，灾难会降临到自家头上。

父亲是在田头挖沟渠时被民兵营长叫走的，铁锹还插在田里。强强放学前就听说了，卫星第一个私下告知，不一会全班同学都知道他父亲被抓走的事。强强感觉同学说话阴阳怪气，眼神都怪怪的，只有阿良漠然中带着一丝温暖。

曾老师对强强说，不要着急，我相信你父亲。

强强最了解父亲了。父亲最大的胆量是半夜带强强野地里照黄鳝，看见别人打架便腿脚发软，受人欺负不

田埂上的梦
TIAN GENG SHANG DE MENG

敢说一句硬话,就连两口子吵架,母亲骂得很难听,逼近身子挑衅,他都不敢举起拳头,窑厂上拿两块空心砖都缩手缩脚。那么怂的一个人,敢入室盗窃?撇开品行无虞,给他十个胆子万万不敢。

母亲哭哭啼啼烧晚饭,英英陪着抹泪。

母亲说:"不知你爸有没有吃午饭,过一会送晚饭过去。"

强强说:"我去,那地方我认识。"

父亲坐在保卫处组的长条椅上,小个子胡组长坐在写字台前,台上摆着纸笔,另外两人靠墙坐着,没有审问的紧张气氛。父亲见到强强,第一句话:"我真的没偷……"泪眼婆娑,几近哭出来。强强把铝制饭盒子端过去,把筷子递给父亲。父亲说吃不下,让我回家吧。

胡组长插进话:"不说清楚怎么放你回家?"

父亲哀求:"要说的话都说了。"

胡组长一拍桌子:"你想顽抗到底!"

父亲一惊,饭盒从手中滑落,半盒饭打翻在地上。

强强冲到小个子面前,狠命一拍桌子:"前天抓阿三,昨天抓老兴(阿良父亲),今天抓我父亲,明天抓谁呀,是不是把方家塘的男人都抓来审问?"

第十七章 惊天大案

胡组长怒喝道:"小棺材,你敢这么跟我说话?"

那两人站起身拉强强,瘦高个凑过去说:"这小赤佬我认得,横着呢。"

强强看着父亲噙着泪吃完半盒饭。临走对父亲说:"没偷就是没偷,怕啥。"

父亲是次日下午回家的。姑妈、阿姨、舅舅等亲戚都来家,询问情况,安慰几句。父亲把头埋在双膝间,哭道:"全大队都知道我做了贼,浴锅洗三天三夜都洗不清了,连带祖宗坍台……"亲亲眷眷义愤填膺,一个劲儿骂队里的人缺德,泄愤而已,毫无明确的针对性。父亲说,怀疑对象都是老谷提供的,与乡邻无关。

热血一下子冲到头顶,强强一把抢过父亲的铁锹,要与老谷一家拼命。母亲哭喊着叫住强强,众亲友都拉住强强,说,我们惹不起人家,到头来吃亏的是自己。

母亲让父亲回忆,有什么地方得罪过老谷一家。父亲想起来了,去年小熟时,老谷也想向队里借五元钱,父亲以老谷家不买镰刀草帽为由拒绝借款。

阿三和老兴呢?有一次分口粮,老兴提出老谷两口子不参加队里劳动,不挣工分,不应按全劳力分粮。老谷家烫尼龙袋,阿三提议应该由队里直接与针织厂结账,

田埂上的梦
TIAN GENG SHANG DE MENG

不能让老谷自己去领加工费。

这就对了。

母亲语重心长说:"学点乖,以后得罪人的事少做,你倒是忘记了,人家都记恨着你。"

起夜时,强强发现桌边烟头明明灭灭,父亲坐在黑暗中抽烟。强强咕哝了一句,叫父亲睡。没想到,父亲在夜里喝了农药。

机帆船把父亲送到公社医院,所幸喝得不多,父亲捡回一条命。

一脸怒气的强强出现在老谷家门口,现在没人阻拦他,没人夺走他手中的铁锹。

强强一把将老谷拖到后窗,让他从扳开一根钢筋的防护栏间钻过去。老谷涨红了脸,挣扎着。他的老太婆踉踉跄跄跟过来,哭叫着。

"你一个干瘪老头都钻不进,阿三、老兴、我父亲能钻过去吗?"

围观者越来越多。

倒也是!那么窄,小孩子才勉强钻过。所有人忽略了一个简单事实。这个发现,居然来自一个半大孩子。

趁着队长劝架的机会,老谷逃进屋,关紧门窗,老

第十七章 惊天大案

太婆偷偷撩起窗帘角向外张望。

强强对着门说:"队里农民天天脸朝黄土背朝天,到头来吃不饱肚子,你脚不踏田地,家里有全国粮票;你欠着队里一千多元透支,抽屉里藏着大把钱,天天吃蹄髈炖黄豆。你们还要不要脸?"

磨难会使人早熟。不到十五岁的孩子,敢说成人想说又不敢说的话。最后又说了句狠话:"我爸有个三长两短,你也别想活!"

阿良主动向强强示好,说我们和好吧,过去是我不对,经常欺负你,现在我相当佩服你。

阿良与强强家有同病相怜之处,他父亲不明不白被关了一天一夜,几乎被窑厂除名。他哥大元亲事可能搅黄了,那边已递过话来。

阿良说,我俩联手,揍小老头一顿。

强强觉得不妥,冤有头债有主,使坏的是老谷。

一日,老谷身上起了一片丘疹,又疼又痒,像被刺毛虫蜇过。老谷没去榆树底下乘凉,没到蓖麻地割草,根本接触不到刺毛虫。"可能是树上飘下来的刺毛,粘到衣服上。"有人说。

过一阵,老谷又被刺毛虫蜇了,这次更厉害。奇怪

田埂上的梦
TIAN GENG SHANG DE MENG

的是,家人衣服跟他晾晒在一起,都安然无恙。

老谷再不敢把自己的衣服晾晒出去。

这确实有些奇怪。

惊天大案最终不了了之。

第十八章　生活没有虚构

曾老师从上海带来几本书,其中有《闪闪的红星》《剑》《星光大道》。

去年春游时,强强和同学在城里的影剧院观看过电影《闪闪的红星》。想不到还有与电影一模一样名字的书。曾老师说,电影是根据这部小说改编的。

书与电影的对应关系强强搞不清,同学也不懂。

《剑》比砖头还厚。见曾老师在看,强强凑上去看了几行字,加了引号的"眼镜蛇"是什么意思?曾老师说,跟"太极狼"一样,是抗美援朝战争中,美军特种部队的代号。

田埂上的梦
TIAN GENG SHANG DE MENG

曾老师只借给强强两本书,《星光大道》第一部和第二部。

强强有生以来第一次看长篇小说,曾老师说,长篇小说也是一篇作文,只是写得特别长。强强囫囵吞枣看了一遍,唯一的收获是书里的坏人太坏,作者写到骨子里了。

"想不到农村有这么好的故事,作者写得真是精彩。"曾老师又说:"为了写这部作品,作者浩然到河北农村体验生活,他用这部作品为农村写一部'史',立一部'传'。我来你们队四年了,依然两眼一抹黑。"

强强说:"真有'芳草地'这个地方?"

曾老师说:"小说是虚构的,地名、故事、人物都是虚构的。"

强强说:"虚构的意思,是不是像老谷家的盗窃案?"

曾老师笑道:"嗯……有点像,也不对,虚构与捏造不一样,虚构是生活的概括,捏造属于别有用心。"曾老师又说:"你的事有所耳闻,从小就有男子汉的血性,有些时候,软弱是窝囊的代名词。不过么,不提倡以恶制恶,以后慢慢琢磨吧。"

强强为什么喜欢潘冬子? 同龄孩子为什么都喜欢潘

第十八章 生活没有虚构

冬子？因为他身上有一股子血性。曾老师所言"慢慢琢磨"是什么意思呢，老谷不是胡汉三，不是穷凶极恶的坏人，充其量是小人。

说话间，期末又到了。

曾老师在课堂上说，期末将迎来抽考。什么叫抽考，同学均未经历过。曾老师说，出卷、监考、阅卷都不是我，由其他学校老师担任，懂了吧？

这是强强入学以来最正规的一次考试。

上午考数学。这学期，算术书改了名字，变成了数学。

监考老师是一位女老师，个子瘦小，神态威严。女老师发试卷前，宣布考试纪律，不准什么，不准什么，六七条"不准"后，问："有没有听明白了？"

"明白了——"同学们朗声回答。

填空题、计算题、文字题还算顺利。最后两道应用题比较难，老师没教过。一道属于鸡兔同笼，强强能算出结果，却不知如何列式，决定以文字叙述思考过程，一步步得出结果，至于老师判对或错，没办法的事。还有一道无从下手，一条传动皮带架在三个轮子之间，根据给定的数据，算出皮带的长度。最难的是紧贴轮子外

田埂上的梦
TIAN GENG SHANG DE MENG

围弧形的长度,强强苦思冥想,哈,三段弧形加起来不就是整个轮子的周长吗?

还有两道附加题。监考老师解释,可做可不做,不计入总分。

第一道是正负数计算,属于中学数学题,强强看过《十万个为什么》数学分册,正负数题简直小菜一碟。

第二道是测产,这在试验田中运用广泛。测它干吗呢,打下来实打实过秤最准。纯粹是拐着弯让你做题目。一块稻田,设五个点取样,什么千粒重,什么株距行距,还有公制长度单位与亩数之间的换算,难倒是不难,很烦。一步步算下来,亩产量1536.5斤,已然很高了。农村孩子熟悉农事,知道水稻亩产一般在1200斤左右,试验田么,多几百斤应该的。

女老师在过道里来回走动,对于试图作弊的学生颇有震慑力。以前有哪次考试这么严过?余老师教那会,隔日把考试题写在黑板上,让学生自己"复习",考得太差,而且大面积差,说明老师没本事嘛。尽管如此,依然有不及格的,关键是基础差,记不住。胡老师自己不作弊,对学生作弊眼开眼闭。曾老师最严格,一贯要求诚实不欺。

第十八章　生活没有虚构

坐在后排的阿良轻轻踩强强的脚,用手搡强强腰部,目的显然。强强不是小气,两人成为铁杆兄弟了,稍微帮一把应该的,便转过身子,移开胳膊肘。女老师背后长着眼睛,嗯哼一声咳嗽,仿佛发出警告。她有言在先,助人作弊与作弊者一样处理。被收掉卷子判零分,还能上初中吗?阿良小声嚷着,看不清。强强有所顾忌,不敢尺度过大。

女老师再转到强强身边,居然止步不走了。是不是她觉察到什么,把这两位列为重点监管对象。曾老师后来告诉他,女老师高度近视,只能看到模糊的影子,她低头细看试卷,惊叹于强强的答题速度与正确率,不乏欣赏的成分。也好,减轻了强强的压力,阿良抓耳挠腮,不敢求助了。

下午监考语文的是个老头,往讲台前一站,强强觉得哪里不对劲。老头先天兔唇,补唇后留了一撮胡子,口齿依然不清。第一道题为默写词语,二十个词语,听着很吃力。老头读"缔造",全班毫无反应,老头又读了一遍,强强在揣摩是什么新词吧?老头还算有自知之明,读"毛主席亲手缔造的新中国……"一个句子的辨识度便高了。"田埂"?老头用的是土话,宛如外地人学说常

田埂上的梦
TIAN GENG SHANG DE MENG

熟话,一连读了几遍,进而解释,就是田间小路。懂了。

组词,造句,居然还有简答题:张思德与白求恩有什么相同之处与不同之处?

以往,很少练习这类综合题,确实有些难。

课后,阿良说是这样答的:"相同之处都牺牲了,不同之处,一个是中国人,一个是外国人。"阿良问强强是否正确。

强强说:"只答对一点点。"

"相同之处:都是毛主席著作中的模范人物,是全国人民学习的榜样;都是共产党员;都是为中国人民解放事业牺牲的战士;具有舍己为人、为人民服务的高尚品德。不同之处:国籍不同;岗位不同;牺牲的时间不同……"

阿良说:"没开天窗(空着没做)不错了,哪能想到这么多。"

作文是命题作文——《深受教育的一课》。全班大多数人写"忆苦思甜"。朱林元的爷爷,早先在龚家干过长工,多次被请上讲台。据说有一次说漏了嘴,说当长工时不算苦,五八年的苦才真正苦……组织者连忙叫停。经过一次次锻炼,老爷子老练了,讲得越来越精彩。他嘴里有不少顺口溜:"今年巴望明年好,明年依旧一件破棉

第十八章　生活没有虚构

袄。"意为生活水平没提高。"仰卧看见天上星星，俯卧看见地上草茎，侧卧看见河里摇船人。"喻房子破旧，生活艰难。他带着调子说，很押韵，摇船人的"人"用土话就是"银"，韵脚马马虎虎。每次老爷子讲完，学校组织吃一碗"忆苦饭"，开水焯过的紫云英，捏成团滚一层麸皮，确实难于下咽。

这个题材讨巧，时髦又切题。

曾老师询问多少人以此为题材，发现强强没有举手。

强强战战兢兢说："写的是割麦。去年麦收季节，我跟阿良等每人抢了一块麦地，割得腰酸背痛，结果还是父母帮我割完的。由此想到农民的艰辛，想到幸福生活来之不易，还有不能太贪心……当时提起笔就写，不知有没有偏题。"

"偏题了，肯定偏题了。"同学说。

"上课老师呢，谁给你上的课？"同学质疑。

曾老师说："课有狭义与广义的概念，谁给方志强上课？劳动，农民，还有生活。生活没有虚构，生活是最好的课堂！"又说："不但没偏题，简直棋高一着！"

语文 92 分，数学 95+10，强强总分名列大队第一，公社第五。

田埂上的梦
TIAN GENG SHANG DE MENG

　　小学毕业证书上贴着一寸黑白照，强强头发乱糟糟，咧嘴笑着说："我长这样子的，我怎么长这样子的？"强强不认识自己。

　　留一张小照嵌到镜框，剩下四张与同学互赠。阿良说，暑假后就跟着师傅学木匠了，准备春节办拜师宴，邀请你参加。你聪明好学，是块读书的料，以后别忘了我，说得强强鼻子酸酸的。

　　杏花也有交换照片的想法，不好意思自己说，托了小芹。父亲要她继续深造，杏花只想学裁缝。强强说，男孩和女孩怎么能交换照片，那变成啥关系了？杏花说，知道你看不起我。

　　八个小伙伴中五人辍学，只有强强、多多和小芹继续上初中。

　　随着这一届学生的毕业，方家塘办班点完成了历史使命。秋季开学后，全大队三个办班点将合并到大队部所在地新造的大队小学。曾老师和胡老师跟过去继续当老师，余老师回到队里当队长。原来的队长，也就是杏花父亲将调到大队，筹建大队窑厂。

　　一年后，又一家窑厂在望虞河边崛起。

后 记

《田埂上的梦》终于完稿付梓。

田埂明摆着,说明农村题材。在构思及写作过程中,我一直心有惴惴,当下的孩子们是否喜欢,是否能看懂,是否能从中真正受到教益?毕竟已经隔了两代人,四五十年前的陈年往事,爷爷奶奶辈熟悉得不能再熟悉,二三十岁的年轻人已然陌生,孩童大抵觉得是童话故事了。

不少人主张现实题材,现实题材可能相对讨俏一些。对孩子而言,时间跨度过大的题材,读起来有陌生感。陌生不是坏事,看看他们的前辈、先辈是怎样生活的。

田埂上的梦
TIAN GENG SHANG DE MENG

我们这一代非常特殊,经历祖国翻天覆地巨变,尤其经历过完全不一样的童年。我们的童年谁来书写?当然不是年轻人。我们不写,再过几十年恐怕没人写了。

如今的孩子,说幸福确实幸福。物质生活优越,六个大人围着一个孩子,衣来伸手饭来张口,要什么有什么,无需干家务活,也不会干家务。父母和长辈唯一的要求是好好读书。说不幸福也未尝不可,看怎么理解。学业压力大,一天到晚做不完的作业,星期日、节假日又是补课,又有上不完的"班"。

温室里长大的孩子,身上缺少勤劳、节俭、谦让,尤其是坚韧和艰苦朴素。他们长大后会怎样,能否真正担当起社会责任?作为老师,作为长辈,确实有些担忧。而我们这一代人没那么娇气,因为都是苦出身,都是苦过来的人。回头看似乎挺苦,但那时候没怎么觉得苦,觉得生活本该就是这样子的。用作家俞小红的话说,五六十年代长大的孩子,是苦难与幸福并重的童年。

这部作品不是回忆录,当然也并非完全虚构,我没那个本事。我想通过文中的人物和故事,真实再现20世纪70年代江南农家孩子的童年生活,算是我对童年文化的理解。不管是历史童年、现实童年,还是对童年可能

后 记

的形态书写,都不只是对童年的记录。书写少儿个体成长,抵达童年生命的内层。这是作家的使命。

强强身上有我的影子,阿良、多多身上都有我的影子。农村孩子比较有野性,吵架、打架不算什么,偷个瓜摘个桃也在情理之中。作家陈武曾说,儿童文学中是不允许出现坏孩子的。所以我的作品中没有坏孩子,都是有缺点的好孩子。

我想说说我真实的童年,也就是这部作品的真实背景。

我出生在江南常熟一个普通村落,以自然村为单位,昔时叫生产队,如今叫村民小组。大约五岁开始,我逐渐有些记忆。一天午饭后,我跟着母亲到公井打水,也许是粘在脸上的饭粒吸引了一只大公鸡的注意,它猛地跳起来扑向我。矮小又胆小的我哪经得起这般惊吓,一下倒在地上,只觉得一阵剧痛,公鸡尖利的喙啄到我脸上,我嚎啕大哭,母亲飞奔过来,抱起我。我满脸是血,眼睛紧闭,母亲还以为我眼球被啄破了,惊叫不已,等用毛巾擦干净,才知道公鸡那一下只伤了眼眶,离眼球不到一厘米。那是邻居家的公鸡,很威武很凶猛。女主人知道后,跟到我家里,没有一句道歉,倒是责怪我母

161

田埂上的梦
TIAN GENG SHANG DE MENG

亲看护的失职。母亲大概只顾心疼我了,用蘸了菜油的棉絮往我伤口一按,默默流泪。害得我在很长一段时间患了"恐鸡症",如今眉梢还留着疤痕。

七八岁时,开始有了一些比较清晰的记忆。大队里经常开批斗会,队里龚姓老夫妻经常挂牌接受批斗。他们家的大房子也变成了村里的小学和仓库,只给他们留了一点"落脚屋"。从此,那对老夫妻变成了"哑巴",农活也单独给安排,比如铡稻草、搪河泥、挑猪粪。累和脏不说,还备受歧视,任何人都可以训斥他们,连小孩子也能编着顺口溜骂他们几句,朝他们吐口水,扔土块,当然我也是其中一员。看着他们灰溜溜的样子,扭曲的童心似乎得到了极大的满足。

村庄依河而建,南北向的小河很自然地将村子一分为二,河上一条小桥为东西两岸往来的必经之路。村中仅有两口公井,分别位于两任队长的场角。我家离得较远,打水极不方便。好在那时河水洁净,下雨时屋檐沟水也很干净,于是,常满的水缸分不清是河水井水或者屋檐沟水。冬天枯水期,这边井水常被吊干,父亲要到很远的桥东去提水,那口井挖得深,水源充足,桥东人家言辞颇有些施舍的意味。河西的受不了用水的麻烦,

后 记

条件好些的人家自费在自家走廊或场角挖了井，平日盖了盖子上了锁。村里人自私，我觉得他们从来不曾淳朴过。

村里经常吵架，队长与副队长，队长与会计，村民与村民，村民与干部，大吵三六九，小吵天天有。家族与家族之间不和谐，家族本身之间也不团结。队里为了平衡，队长、会计、记工员、农技员都来自不同家族，于是，每个家族都有了一个核心人物。每逢开会，总是脸红脖子粗地吵架，队长说"百姓百条心"，总是捏不到一块。而我父母人微言轻。有本事的在外面当干部，做手业。很长一段时间，我们队的基本人口保持在一百左右。规模不大，而在外当干部的有好几位，还有在企业当采购员的，在国营厂或社办长当合同工的，长期在外做手业的，总计不下二十人。这么多男劳力流落在外，留守的更吃重，但工分挣得多，再加那些人回家交钱记工，队里还有蘑菇房、运输船、养猪场，生产队的总体收入倒是不错。队里瞒报田亩，粮食亩产量总是领先，因而还是大队里出名的"样板队"。这样一个勾心斗角离心离德的生产队，工价却不低，外人觉得有些不可思议。

田埂上的梦
TIAN GENG SHANG DE MENG

在那个物质生活极其贫乏的年代,农民总表现出固有的劣根性,而在这个穷乡僻壤又将骨子里的人性之恶无限地发扬光大。对那些吃公家饭或百家饭的,除了嫉妒,还有无法攀比的自卑,于是在对弱者的肆意践踏中,扭曲的灵魂得以暂时的满足。我们家始终处在社会最底层。父亲很早就成为孤儿,性格自闭懦弱,成年后体质也不强健,再加三十岁后患慢性肝炎,无法从事高强度的体力劳动,当个管水员兼现金保管员。如果没有背景,依仗体力与蛮横也无人敢欺,而我父亲什么都没有。母亲倒是膘肥体壮,无论体力与耐力,在同龄人中绝对占优势。但一家子人,顶梁柱不硬,任凭母亲牝鸡司晨,还是受欺压。父亲是独子,没有兄弟相助,虽说队里有几家沾亲带故,也看不起我们,更甭说来帮一把了。队长派工时,轻松活儿轮不到母亲,分配坯塘时,水口好的轮不到我家,队里分给我家的稻草总是又短又潮,难得过年宰了猪,分到我家的肉不是肥肉就是大块骨头。至于猪头猪下水这些那个年代的稀罕物从来轮不到我家。

那年我十来岁,农忙前有一刁民向父亲借了五元钱,年终分配时,居然不认账,气势汹汹赶到我家寻

后 记

岬。那天刚吃完晚饭,父亲在灶前熬中药,母亲坐在灯下扎鞋底。那人一脸横肉闯进来,不由分说揪住我父亲,那时的父亲病怏怏的,根本没有还手之力,我和弟弟吓得大哭。母亲大叫一声扑过去,将大号引线往鞋底一钉,劈头盖脸就向那恶人抡去,边打边破口大骂。那人手上脸上顿时鲜血淋漓,他想不到一个女人有着困兽犹斗的勇气,捂着脸逃出去。母亲抄起墙边的毛竹笤帚没头没脑地扫过去,那人的头上肩上身上挨了好几下,吃了个哑巴亏,以后再也不敢踏进我家,就此成了冤家。那时我还不怎么懂事,听多了别人的坏话,也觉得母亲过分,甚至从心底责备她。我懂事后,想想父亲可怜,作为一个男人无力维护自己的尊严,保护自己家人,经常受母亲奚落。母亲更可怜,作为一个女人,将本该属于男人的责任一肩挑起,像男人一样去流血战斗,还担着恶名。

大人之间的勾心斗角殃及到孩子,并在我们这一代身上延续。我们村光同龄的就八人,加上年龄与我左右一两岁的,这可是个庞大的群体。按说这个年龄青梅竹马,天真无邪,小伙伴应该是上学、割草、做游戏的伙伴,但很不幸,存在着严重的帮派。每个小群体都有孩

田埂上的梦
TIAN GENG SHANG DE MENG

子王,吵架打架家常便饭。那时我瘦弱也胆小,他们偷鸡摸狗的战利品很少归我享用,闯了祸却每每怪罪于我。心有不甘,试图反抗,总是被揍得鼻青脸肿。父母见了心疼,无处发泄还拿我撒气。偶尔我占了上风,人家吃了输头,总有家长为他们撑着,赶到我家兴师问罪。老天保佑,在受尽欺压的逆境中,我的个头噌噌往上长,终于变成我们村数一数二的小男子汉。我常用仇视的目光冷观周围这些人,审视这个小村庄。一个人长期在屈辱的狭缝中,很容易造就偏激与暴力。若不是以后人生转折,那种性格有些可怕。感谢高考,让我走出农门,有了重塑性格、修身自补的机会,否则我真的一直迷失在愚昧与暴力中。

　　昔日集中的村落,已经破败不堪。新的一代搬到前面的粮田,或是村里集体规划的新农村。昔日叱咤风云的那些人,如今大都作古,即使活着的,也垂垂老矣。母亲早忘了过去的恩怨,与那些老头老太相处融洽,吵架、打架的冤家也成了老姐妹,谁家生病,谁家做事,她一连帮上好几天。我想,母亲的以德报怨,也是她烧香修行的正果吧。

　　生活的真实,不等同于艺术的真实。我在作品中,

后　记

没有记恨或者发泄，只一点点影子。一个人，或一群人，活在温饱线上，几乎连肚子吃不饱的境地，奢谈高尚。我珍藏那段历史，怀念生活美好的一面。